CLÁSSICOS

Sinhá-Moça

Maria Dezonne Pacheco Fernandes

CB062747

© Companhia Editora Nacional, 2009
© IBEP, 2013

Direção editorial	Antonio Nicolau Youssef
Gerência editorial	Célia de Assis
Edição	Sandra Almeida
Coordenação de arte	Narjara Lara
Assistência de arte	Viviane Aragão
Revisão	Sandra Brazil
Produção editorial	José Antonio Ferraz
Ilustrações	Ícone Comunicação Ltda.

CIP-BRASIL. CATALOGAÇÃO-NA-FONTE
SINDICATO NACIONAL DOS EDITORES DE LIVROS, RJ

F41s

Fernandes, Maria Dezonne Pacheco, 1904-1998. Sinhá-moça / Maria Dezonne Pacheco Fernandes. - 1. ed. - São Paulo : IBEP, 2013. 224 p. : 22 cm
(Clássicos)

ISBN 978-85-342-3595-2

1. Literatura infantojuvenil brasileira. I. Título. II. Série.

13-0087. CDD: 028.5
CDU: 087.5

09.01.13   13.01.13   042046

1ª edição – São Paulo – 2013
Todos os direitos reservados

IBEP

COM A NOVA ORTOGRAFIA DA LÍNGUA PORTUGUESA

Av. Alexandre Mackenzie, 619 – CEP 05322-000 – Jaguaré
São Paulo – SP – Brasil – Tel.: (11) 2799-7799
www.editoraibep.com.br – editoras@ibep-nacional.com.br

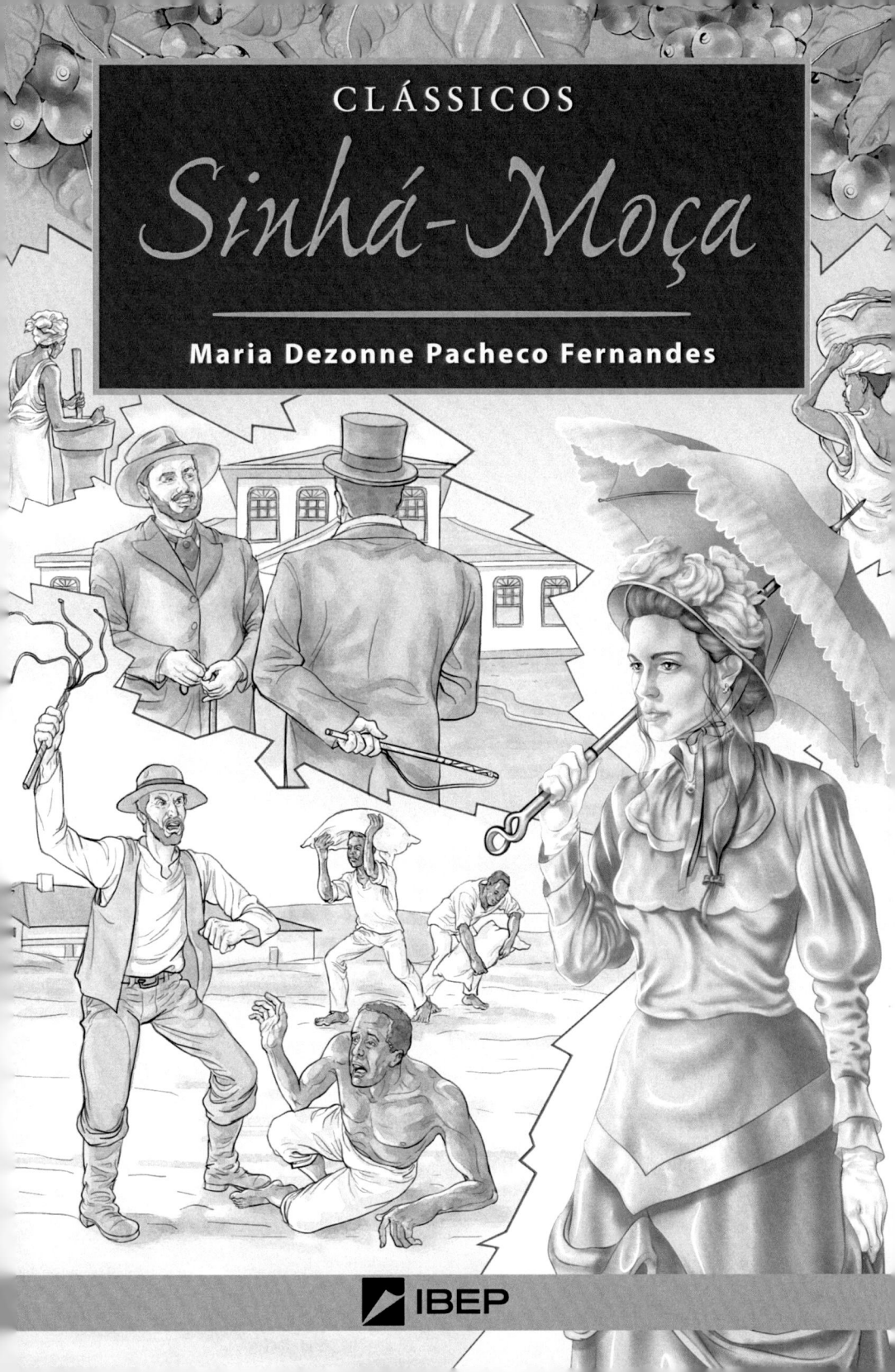

CLÁSSICOS
Sinhá-Moça

Maria Dezonne Pacheco Fernandes

IBEP

Dedicatória

Ao meu querido e inesquecível João Batista, recordando a beleza de sua alma e a grandeza de seu coração, pelo muito que a todos nos deu de afeto e inspiração, ofereço esta edição de Sinhá-Moça.

Sua mãe.

Ao João, querido companheiro de uma longa caminhada, aos nossos filhos Sandra, Sônia e Waldo, Mário e Regina, e a todos os amados netos Maria Camila e Emídio, Mário e Cristina, Ulysses e Salete, Eduardo e Sandra, João e Leonor, Sílvia e Sérgio, Luís Otávio, Pedro, Rodrigo, Fernanda, e aos bisnetos Emídio, Regina, Camila, Mário, Maria Antônia, Mariana, Leonardo, Ana Priscilla, João Arthur, Eduardo, Roberto, Luíza, Joana e Valentina.

À minha querida sobrinha Reninha Dezonne Carvalho, com o meu afetuoso agradecimento por sua constante amizade e valiosa cooperação no preparo da edição de meus livros.

Por que escrevi Sinhá-Moça? Pela Liberdade!

Meus caros leitores, vocês me perguntam por que escrevi *Sinhá-Moça*, romance que já foi filmado, ainda nos tempos da Vera Cruz, e hoje é também novela de televisão. O sucesso do livro, o sucesso do filme e, agora, o sucesso da novela enchem-me o coração de alegria, pois a mensagem de fraternidade contida em *Sinhá-Moça* multiplica-se cada vez mais, ao encontro de imenso público.

Embora seja uma modesta escritora, que escreve sem floreados, procuro sentir, no âmago do coração, todos os problemas que fazem sofrer os nossos semelhantes.

E, assim, escrevendo *Sinhá-Moça*, procurei focalizar, em cada personagem, a figura que sentia dentro de mim mesma. Desde o delegado pusilânime, o feitor sádico, o médico de sentimentos verdadeiramente humanos... A menina-moça como desejo que sejam todas as sinhás-moças do nosso querido Brasil. Por que não dizer, do mundo inteiro? Minha velha mucama de carapinha branca, Virgínia, que no filme, ela mesma, tão bem interpretou a velha Bá... O moço de sentimentos altruísticos, protegendo os fracos e castigando aqueles que os queriam ultrajar...

Sinhá-Moça, acentuo, é um dos poucos romances a tratar diretamente do problema da escravidão no Brasil. Ele descreve os nossos ricos cafezais, onde o negro, com seu suor e sangue, debaixo de copas bonitas, confundia suas lágrimas com o orvalho que as umedecia, escondendo do *sinhô* a saudade imensurável de suas terras longínquas, de onde viera, deixando filhos, esposa e mãe.

Por tudo isso, escrevi *Sinhá-Moça*. *Sinhá-Moça*, que é um grito de solidariedade humana e de amor.

Maria Dezonne Pacheco Fernandes

Introdução à 8ª edição

Para minhas Três Marias, nesta oitava edição de Sinhá-Moça, *numa evocação de saudade e de ternura...*

Um dia, vocês vieram ao meu coração. Ele era ainda muito moço para tanta emoção...
Eu senti que, dentro dele, uma aleluia de festa se desabrochava.
E tudo, desde então, se tornou riso e encantamento para mim...
Levantava-se novo altar de amor e de ternura dentro do meu corpo de quase adolescente.
E sonhava com vocês, bonequinhas queridas do meu coração!
E as via crescendo, ficando moças, enfeitando de ventura a minha vida...
Cada momento que passava era, para mim, como um marco todo juncado de flores... E eu, às vezes, as imaginava flores, estrelas, passarinhos.
E assim, durante tantos meses de ansiedade, vivia devaneando com vocês.
Setembro chegou... E vocês o vieram anunciar...
Pois não eram flores, estrelas ou passarinhos? E como se apresenta a Primavera, senão assim, perfumada flor, marchetada de estrelas com pássaros riscando o céu para o enfeitar?...

E eu fiquei tão contente... tão feliz... Vocês, perto de mim... aquecendo meu coração... E eu, podendo-as embalar docemente como fizera tanta vez com as bonecas que amara.

Mas... a duração da flor na terra é sempre tão curta... a estrela ilumina por tão pouco tempo... O pássaro passa tão depressa no espaço...

E, por tudo isto, vocês se foram, bonequinhas lindas do meu coração...

Hoje, são passados já vinte e tantos anos... e... eu as vejo como naquele dia, novamente juntas de mim... Perfumando minha vida com o aroma da inocência, iluminando-me a existência com a beleza sem mácula das suas almas...

Pairando sobre os meus sonhos como pássaros predestinados para os abençoar e os tornar realidade...

E é por tudo isto, penso eu, que toda vez que olho uma estrela, toda vez que diviso um pássaro, eu me sinto feliz, comovida e contente...

É porque vocês, filhinhas queridas, estão sempre no que é belo, no que é puro, no que é grande...

Setembro de 1964.

Prefácio à 1ª edição

D. Maria Dezonne Pacheco Fernandes, autora das páginas que se seguem, acredita na influência do prefácio no destino das obras literárias. É como os antigos lobos do mar que atribuíam ao "rostrum", a figura de proa dos seus barcos, o poder de pacificar as ondas e de propiciar ventos galernos.

Em parte ela tem razão, pois a verdade para muitos é aquilo que se julga a verdade. Assim pensaram os filósofos de Alexandria, assim escreveram Victor Cousin e Luigi Pirandello. Così è se vi pare... Quase todas as peças e contos do escritor siciliano poderiam ter esse nome. A prática, porém, em casos semelhantes, tem demonstrado que um livro vale por si mesmo, está acima das palavras favoráveis e desfavoráveis que sobre ele escrevam os contemporâneos.

Isso posto, começo a ler as provas ainda úmidas da tinta tipográfica que a autora teve a bondade de mandar-me. Sinhá-Moça é uma história do tempo da campanha abolicionista, circunstância que ainda a torna mais simpática a meus olhos. Nas suas páginas agita-se uma humanidade de transição; nós de hoje, sobreviventes de muitas revoluções e duas grandes guerras, mal podemos compreender esse conflito. Os maus nos parecem menos maus, os bons se nos apresentam um pouco excessivos nos seus sentimentos. No entanto, a autora tem razão de pintá-los desse modo, pois eles foram geralmente assim. É que, durante a memorável campanha, só poucos compreenderam a grande verdade.

A abolição foi apressada pelos senhores; o proletariado começava a surgir nas ruas da cidade, à procura de serviço. O branco viu logo que entre o operário e o escravo não havia hesitação possível. O primeiro chegava, vendia esforço produtivo e não lhe criava responsabilidades. Quando não trabalhava, não comia nem ganhava salário. Quando começava a produzir menos, pela velhice, pela enfermidade ou por quaisquer motivos, mandava-o embora e achava outros em melhores condições... Com o escravo não se dava o mesmo. Custava de dois a três contos de moeda forte, quase o preço de uma roça, ou de uma casa. Era preciso vesti-lo, alimentá-lo, sustentá-lo na velhice ou na enfermidade, procurá-lo nas suas frequentes fugas. O operário era um auxiliar sempre à sua disposição; o escravo representava mercadoria que se depreciava com o tempo e, além disso, estava lutando pela própria emancipação... De um dia para outro, como veio a acontecer, as senzalas poderiam amanhecer vazias... Então, os fazendeiros inteligentes se tornaram abolicionistas. Foram eles próprios a dar alforria aos seus cativos, conservando os mais aptos como operários. Era mais barato, mais seguro e não criava aborrecimentos.

O povo, porém, não tinha estudado o problema à claridade da economia. Nas páginas de Sinhá-Moça, agitam-se muitas personagens, umas liricamente favoráveis à abolição, *outras teimosamente contrárias. As demais eram hesitantes, como na própria vida. No fundo da novela aparecem os negros, com seus caracteres marcados. Este, por falta de quem lhe abra os olhos, está conformado com a existência que leva no eito e na senzala. Esse, como é da própria raça, vive pelo coração; é submisso, leal, devotado, capaz de dar a vida pelo senhor; aquele, tendo adivinhado a verdade, ficou de cabeça virada e luta ferozmente pela própria liberdade, uma liberdade que ele, desconhecedor dos problemas da economia, julga a própria felicidade...*

Ao longo destas duzentas páginas, que tanto são as da novela de D. Maria Dezonne Pacheco Fernandes, essas forças entram em choque. Felizmente, lá está Sinhá-Moça. É a filha do fazendeiro, uma abolicionista convicta, poderíamos chamar apostólica. É um conflito de duas gerações. O pai formara a mentalidade em outros tempos. Ele poderia dizer dos abolicionistas que o cercavam o que em 1794, já em plena Revolução Francesa, Dom Fernando de Portugal escrevera na carta que acompanhou a Frei José de Bolonha, talvez o primeiro abolicionista do Brasil, mandado preso para a metrópole por se haver manifestado, no púlpito, contra os horrores da escravidão. O fidalgo lusitano escreveu que as ideias humanitárias do capuchinho deviam ser tidas "não tanto por malícia ou dolo, mas por falta de maiores conhecimentos teológicos e em razão de uma consciência sumamente escrupulosa"...

Quanto aos outros abolicionistas da novela, eles sempre apresentam argumento social. Com certeza não tinham lido os autores da época, os versos de Paulo Eiró e Castro Alves. Nem assistido às conferências de Raul Pompéia, como de quase todos os intelectuais do tempo. Deixam-se levar pelas razões do coração, que são as mais eloquentes.

Como se deduz do exposto, a novela de D. Maria Dezonne Pacheco Fernandes não aspira a discutir a questão. É uma história de amor, de ternura, de abnegação. Como tal deve ser lida. Umedecerá de emoção a muitos olhos. E, para a vida agitada destes dias, trará os quadros, as cenas familiares, as alegrias e as tristezas de uma época já morta que tem a sua beleza e que, por vezes, nos é tão grato exumar das cinzas frias do passado.

Afonso Schmidt

Maria Dezonne Pacheco Fernandes

Sumário

Capítulo I   21

Capítulo II   29

Capítulo III   42

Capítulo IV   48

Capítulo V   60

Capítulo VI   70

Capítulo VII   77

Capítulo VIII   84

Capítulo IX   92

Capítulo X   100

Capítulo XI   111

Capítulo XII   121

Capítulo XIII   134

Capítulo XIV	**152**
Capítulo XV	**163**
Capítulo XVI	**175**
Capítulo XVII	**182**
Capítulo XVIII	**189**
Capítulo XIX	**195**
Capítulo XX	**210**
Capítulo XXI	**217**

Capítulo I

A fazenda de Araruna era circundada de rios que cantavam docemente, batendo suas águas nas pedras redondas, cobertas de limo, douradas pelo sol. Nessa propriedade morava a família do Coronel Ferreira. Ele era um homem áspero, que punha seu direito acima de qualquer outro, chegando mesmo a considerar os *escravos* como outros tantos animais de serviço. Sua esposa, D. Cândida, era uma criatura simples, sem personalidade própria, completamente esmagada pela tutela do marido. O casal tinha dois filhos: Luís, um menino fraco, doentio, que só vivia a poder de mimos e cuidados, e Sinhá-Moça, como todos a chamavam. Um misto de botão e de rosa, flor que se abria trescalando o perfume da sua bondade.

Sinhá-Moça era a única pessoa da fazenda a abrandar a má vida que levavam os cativos. Às vezes, sentiam clamorosas injustiças. Nessas ocasiões, a jovem entrava na senzala, e os infelizes, tocados pela doçura da sua presença, se resignavam.

A existência para eles era uma luta sem tréguas. Todos os dias, sofriam a prepotência do forte contra o fraco, do senhor contra o escravo, atenuada apenas pela presença compassiva dessa menina-moça que era como uma réstia de luz aluminando as trevas do cativeiro.

Trabalhando sem compensações, açoitados pelo feitor que procurava tirar deles o máximo proveito, era um verdadeiro sacrifício a vida da fazenda. Dias seguidos suas mãos calosas cortavam jacarandás que eram mandados às indústrias das cidades e vendidos a peso de ouro... À noite, ao se recolherem, exaustos, olhavam os filhos pequeninos sugando avidamente o seio murcho da mulher sem alegrias, que não via brotar uma gota sequer de sangue branco para as suas criancinhas. Sentiam, então, uma revolta nascer no seu peito de bronze. O ódio incendiava-lhes o coração, e pensavam: "Deus Nosso Senhor não pode permitir tanta desigualdade no mundo! Por que esta diferença, se nós todos somos irmãos? Quando adoece o rico, o importante, muita gente se põe à sua disposição. Se o escravo adoece, deixam-no morrer sobre a enxada, sua companheira cotidiana. Ah! se não fora Sinhá-Moça, que a medo os procurava, quem se incomodaria com eles? Quem procuraria conhecer as suas dificuldades?"

***

Um dia, Sinhá-Moça amanheceu tristonha... A casa inteira se alvoroçou e o próprio fazendeiro, tão alheio e tão indiferente ao bem-estar dos seus, se impressionou.

Muitas indagações foram feitas. Chamaram, entre outros, a mucama de sinhazinha. D. Cândida procurava adivinhar os desejos da filha. Fazia promessas a todos os santos de sua devoção para aliviarem as tristezas da moça. O coronel passeava de um lado para outro, querendo atinar com o motivo daquela mudança. – Sinhá-Moça antes era tão alegre!

De repente, como assaltado por mau pensamento, gritou para a escrava, que insistia com a moça para que ela bebesse um copo de leite.

– Negra! Venha cá! Que sabe você a respeito de minha filha? Fale-me sem mentir, do contrário, corto-lhe a chicote, está ouvindo!?

Os olhos da mucama encheram-se de lágrimas. Seus lábios trêmulos suplicaram misericórdia ao senhor. Sinhá-Moça, então, sentou-se na cama e, chorando, procurou segurar entre as suas as mãos da escrava.

D. Cândida, que acabava de fazer um mingau para Luís, assustada, arrastando as chinelas, veio do fundo da sala de jantar e, timidamente, suplicou ao marido:

– Ferreira! Por Deus! Tenha calma! O que devemos fazer é chamar um médico. Sinhá-Moça está doente, pobrezinha! Você assim contribuirá para que ela piore!

– Não faltava mais nada! Minha mulher a querer dar-me ordens! Cala-te. Sei o que faço! Dispenso opiniões... Era preciso que eu não tivesse ouvido os murmúrios que se fazem por aí! Não percebesse certas confabulações! Esses cativos são traiçoeiros e vêm, dentro de minha casa, trazer o fel que lhes envenena o sangue...

– Meu pai! É injusto o seu julgamento! Virgínia nunca me falou no seu sofrimento nem no dos companheiros... No martírio em que eles vivem...

– Martírio! Essa é boa! – retrucou o velho, encolerizado. – Negros – disse ele –, animais sem entendimento, alimentados e tratados sem precisarem pensar no dia de amanhã! E você os chama de "mártires"! Queria, por certo, que lhes desse camas macias, instrução superior e os mandasse para as academias? Francamente! Você não parece minha filha! Essa sua mentalidade é de criança ou... de imbecil!...

– Realmente, meu pai – retorquiu Sinhá-Moça, enxugando as lágrimas e olhando com altivez a figura áspera do velho –, custo a crer na dureza de sua alma. Apesar de tudo, ainda tenho pena do senhor, e esperanças de que um dia mudará. Deus pregou a fraternidade entre os homens, meu pai, e não o jugo do forte sobre o fraco. Que direito temos nós, portanto, de tratar nossos semelhantes como cães, desejando tirar deles esforço e trabalho, sem nos preocuparmos com a sua saúde, com a sua formação moral e espiritual? Pensa que é só alimentá-los para tirar-lhes mais proveito? Não! O senhor está errado – insistiu a jovem.

Espantado com o desabafo da filha, ele, que nunca admitia ser contrariado por quem quer que fosse, bateu com os punhos cerrados sobre o consolo onde, entre flores viçosas, se achava a imagem da Virgem, e declarou:

– Fique certa, menina, de que não frutificarão na minha fazenda essas ideias. O escravo que tentar rebelar-se será marcado a fogo, para servir de exemplo aos demais, e, se fugir, matá-lo-ei a tiros, como a qualquer ladrão...

Olhando o pai com altivez, Sinhá-Moça chegou-se para junto de Virgínia, que sentia-se horrorizada com a possível sorte dos seus irmãos. Ajoelhada aos pés de Sinhá-Moça, puxava-a pela saia rodada, pedindo-lhe que não falasse mais...

– Sinhô tá nervoso – dizia baixinho a pobre escrava.

Sinhá-Moça prosseguia, com veemência, cheia de entusiasmo e de fé:

– As suas palavras não me atemorizam e não me demovem do meu intento, meu pai! Sou e serei pela liberdade dos cativos. São humanos, não podem ser tratados como ladrões, como o senhor os chamou, se viessem a fugir. Para eles, o que somos nós cerceando-lhes a liberdade?

– Mas... – retrucou o fazendeiro, desgostoso com a atitude da filha. – Onde você foi tirar tais convicções? Revolta-se contra os atos de seu próprio pai? Eu sou o culpado por suas atitudes... Procurei educá-la erroneamente mandando-a para São Paulo, centro cosmopolita onde as ideias mais estapafúrdias são importadas. Deveria deixá-la aqui, na fazenda, em companhia de sua mãe, aprendendo a cozinhar, fazer doces, bordar... Vá para o seu quarto! A noite é boa conselheira. Amanhã conversaremos.

Sem proferir nem mais uma palavra, aborrecida com a resolução do pai, aproximou-se de D. Cândida, pediu-lhe a bênção, beijou enternecida o irmão e, evitando o fazendeiro, Sinhá-Moça encaminhou-se para o quarto.

Aquela noite foi muito comprida.

Surgiram os primeiros albores da manhã. Os passarinhos já ensaiavam os primeiros gorjeios. Comovido, o orvalho despedia-se das pétalas bonitas das flores. Ao longe, ouvia-se a voz rouca e melancólica dos negros tangendo a boiada... Mais além, o monjolo, no seu bater pausado, parecia acompanhar a mágoa que envolvia aquela pobre gente. E Sinhá-Moça, que não conseguia conciliar o sono, debruçada no parapeito da janela do quarto, olhava as senzalas... Condoía-se daquela massa humana que ia saindo para o terreiro, como autômatos, movimentando-se sem esperanças, sem perspectivas, verdadeiras máquinas que se preparavam para a faina pesada de todos os dias.

Lá embaixo, estava o pobre Tomás, trôpego velhinho, cego, de carapinha branca, faces sulcadas, mãos trêmulas, procurando encostar-se no tronco de uma perobeira carcomida pelo tempo e que fora sua companheira de mocidade. O tronco o apoiava como alguma coisa de humano, para que ele pudesse aquecer-se ao sol.

Mais longe, negrinhos sujos, malnutridos, olhando o vasilhame luzidio que levaria o leite gordo para a fazenda. Tudo isso machucava e fazia sangrar a alma bem-formada de Sinhá-Moça.

Dentro do seu coração a voz da justiça falava cada vez mais alto! Tudo estava errado no mundo. Alguém precisava ter coragem, levantar-se contra tanta tirania, mudar o regime escravocrata que o infelicitava, pensava a jovem. E tão absorta ficou em suas divagações que nem percebeu a presença da mãe que, havia muito tempo, a olhava preocupada, senão quando D. Cândida exclamou:

– Minha filha! Como você está abatida! Que fundas olheiras e que palidez! Temo pela sua saúde! Você não dormiu, bem sei... E tão cedo já de pé, recebendo este ar frio da manhã!... Por que não abre seu coração? Não mereço a sua confiança? – interrogou D. Cândida, acariciando os sedosos cabelos dourados da filha. – Tudo isso será amor? Não sei se me engano... Desconfiei muito... Quando fomos ao baile em casa do Dr. Fontes... Estás amando, minha filha querida?

Voltando-se para a mãe, que não a compreendia, num misto de carinho, pena e recriminação, respondeu Sinhá-Moça:

– Não amo a um homem... Estou apaixonada, revoltada pelo sofrimento de diversos... homens... Hei de trabalhar muito para vê-los colocados na posição digna de seres humanos...

Boquiaberta, sem entender a alusão da filha, respondeu D. Cândida:

– Que está você dizendo? Não chego a perceber o sentido de suas palavras!... Você deve, minha filha, assentar essa cabeça. Seu pai está furioso e não perdoará qualquer indisciplina. Já pensou em vender... Virgínia para um ricaço de Minas Gerais, que o procurou em busca de uma mucama bonita, inteligente e forte! Ele está certo de que é ela a responsável pelas suas maluquices...

De um salto, Sinhá-Moça correu para o meio do quarto, indignada:

– Perdoe-me, minha mãe, o que lhe vou dizer, mas isso que meu pai quer fazer é crueldade demasiada, uma injustiça que clama aos céus! Pense bem o que seria da senhora, se arrancassem seus filhos para vendê-los como animais! Morreria de dor. Pois bem! Virgínia é igual a nós... Ela tem direito de viver, de ser livre, de pensar. Ninguém a tocará sem matar-me primeiro!

– Sinhá-Moça! Morrerei se você continuar assim... Como suportar a vida, vendo-a detestada pelo seu próprio pai? Mude, mude de ideias, minha filha! – aconselhou com brandura D. Cândida.

– É verdade, sinhazinha, minha ama tem razão – falou Virgínia, que estava à porta com a bandeja de café esperando para servir. – Deixe os negros sofrê... Assim qué Nosso Sinhô! Num temo, não, dereito de amá, de querê bem... Somo tudo vendido mermo, Sinhá-Moça... Vassuncê é que percisa esquecê de nóis... Percisa casá, sê feliz... O coroner nunca fica mais brabo... com vassuncê, num zanga mais, sinhazinha!

Vendo mais uma vez confirmado o juízo que fazia do coração dos cativos que a cercavam, disse a moça, fitando a mãe:

— Que me diz a senhora deste coração magnânimo que oferece com tanto desprendimento seu martírio em proveito da minha felicidade? Quantos brancos terão uma alma delicada como a de Virgínia?

— Você tem razão, minha filha.... — conveio D. Cândida, muito baixinho, sempre com medo de ser ouvida e recriminada pelo marido.

— E assim, minha mãe, ela veio estimular a coragem que tenho para lutar pelo santo ideal que abracei. Ensinou-me a não ser egoísta e a não me acomodar ao meu bem pessoal. Lutarei pela liberdade dos humildes e vencerei...

Capítulo II

A fazenda Araruna continuava envolta na mesma tristeza... O Coronel Ferreira dera ordens formais ao capataz para exercer rigorosa vigilância sobre os cativos e, se os encontrasse conversando, cortá-los a chibata.

Nas cercanias da casa-grande, o capitão de mato andava farejando como cão de caça, em busca de presa...

D. Cândida vivia atemorizada, procurando daqui, dali, melhorar um pouco aquele pesado ambiente. O fazendeiro, de sobrecenho carregado, não saía de casa. Em passadas largas, abalando as tábuas velhas do assoalho, fazia até estremecer de medo Luís, que se aconchegava ao seu amigo Fiel, um cachorro que achara nas proximidades da fazenda.

Sinhá-Moça não saiu mais do quarto. As refeições eram levadas ao aposento e Virgínia tinha ordem de não conversar com ela.

Serena, estoica, a jovem não se lamentava. Pelas caladas da noite ficava escrevendo. O alimento espiritual não a fazia necessitar de outros, materiais. As bandejas voltavam intactas...

Na vila, já se começava a sentir falta de Sinhá-Moça, que todas as semanas ia visitar os pobres. Frei José, o vigário da paróquia, apreensivo, preocupava-se com a ausência da família e, em particular, da moça, a quem ele havia batizado e que acompanhara na adolescência, achando-a deveras original, no seu modo tão elevado de pensar, para uma jovem daquela época.

Assim, deliberou ir à fazenda. Organizou a viagem, mandou preparar o cavalo e partiu logo ao amanhecer. Vencendo o percurso de algumas horas, chegou a Araruna, extenuado, mas contente. Ia rever os amigos, levar o seu concurso, caso dele precisassem.

Bastião, que estava ajudando a recolher a boiada, ao reconhecer o sacerdote, correu para ajudá-lo a apear-se. Frei José, pesquisador habitual de almas, viu na cara do preto que ele escondia alguma coisa.

– O que é isso? Você está doente? Haverá algum enfermo na fazenda? Como vai sua sinhazinha?...

– Quá, seu revereno – falou Bastião, limpando com as mãos calosas o rosto, que se inundara de lágrimas. – O coroner anda brabo qui nem cobra... Sinhá-Moça tem pena do negro... Ele proibiu antonce qui ela saia do quarto... Parece inté pomba-rola presa na arapuca... Virgínia contô que sinhazinha perfere morrê pra libertá tudo nóis... Vassuncê num pode conseiá o coroner?

– Fique sossegado, Bastião – respondeu Frei José, batendo paternalmente nos ombros do escravo. – Nada de mal acontecerá a Sinhá-Moça...

– Nosso Sinhô bençoe vassuncê... – exclamou cheio de confiança Bastião, que aos pulos subia a escada que conduzia ao casarão branco da fazenda para anunciar a D. Cândida a chegada do frade.

– Que susto, Bastião! Já vivo tão alarmada e ainda você entra desse jeito!

– Descurpe, minha sinhá – replicou o cativo. – Vim avisá – disse ele com a fisionomia iluminada – que tá chegano gorinha mermo seu revereno...

Surpresa com aquela boa notícia, D. Cândida entregou a Virgínia o prato com biscoitos de polvilho que fizera para a filha e correu ao encontro do frade.

– Quanta satisfação em vê-lo aqui, Frei José! – disse D. Cândida, beijando as mãos do sacerdote e fazendo-o sentar.

– Para mim – redarguiu o frade –, não é menor esse contentamento, tanto mais que, ao que me parece, tudo está em ordem e na paz... de Deus, não é verdade? Onde, no momento, está o coronel? – perguntou o religioso, olhando D. Cândida.

– Foi à cidade... A propósito... Frei José, tenho-me entristecido tanto estes últimos tempos!... Sinhá-Moça não se conforma com a vida e as teimas do pai... – disse a senhora, desandando num pranto copioso. – Tenho medo, pressentimentos... Alguma coisa grave poderá sobrevir... Gostaria que aconselhasse Sinhá-Moça. Ela herdou, infelizmente, a altivez de Ferreira, e isso lhe é prejudicial. As mulheres precisam ser submissas para viverem tranquilamente... O senhor é testemunha. Nunca tive opinião própria. Vivi apenas para criar os filhos, cuidar da casa... nada mais.

– Mas, D. Cândida, é impossível aconselharmos alguém, contrariando-lhe um direito justo. A senhora não pensou bem. O que precisamos é levantar a alma mercantilizada, desculpe-me a franqueza, do Coronel Ferreira. O mundo tem de evoluir. O espírito humano quer ser independente. Não se pode conceber o forte subjugando covardemente o fraco. Os direitos terão de ser iguais. Não haverá, asseguro-lhe, futuramente, senhores e escravos, mas cidadãos com direitos recíprocos... Considero ignomínia acorrentar negros, cortando-lhes as carnes com ferro em brasa, como se faz aos bois para marcá-los, vendendo-os, depois, como irracionais!

Falava tão alto, com tanta eloquência, Frei José, movido pelo seu espírito de humanidade, que se fez ouvir por Sinhá-Moça.

Não querendo acreditar nos próprios ouvidos, a jovem imaginou tratar-se de um sonho; chamou Virgínia e mandou verificar se era o frade.

– É, sinhazinha. É mermo seu revereno qui tá falano.

Sinhá-Moça não perdeu mais um momento. Correu para junto do amigo, osculando-lhe as mãos queridas, dizendo:

– Como sou feliz vendo-o aqui! Como transborda de alegria meu coração! Tive, agora, a certeza de que participa das mesmas esperanças! Ah! Frei José! Deus há de abençoar o sacrifício que fez vindo até aqui. Contarei com o senhor, como um braço amigo para auxiliar-me. Quando ouvi sua voz, quando escutei suas palavras, julguei delirar... Virgínia, todavia, assegurou-me da sua presença, e uma nova aurora nasceu no meu coração! – falou-lhe Sinhá-Moça, com os olhos brilhantes e as faces afogueadas pela emoção.

Frei José, que a ouvia com bondade, afirmou:

– Havemos de vencer, Sinhá-Moça. Não deve no entanto irritar seu pai. Procure, antes, levá-lo com paciência. A lógica dos fatos o fará razoável. Não está querendo compreender por capricho! É apenas o sentimento de humanidade que a impele a agir assim! E, depois, já é conhecido de todos o seu bom coração! Será, D. Cândida, mais dia menos dia, uma realidade este nobre desejo de sua filha! – asseverou, convictamente, o frade.

– Por que então Sinhá-Moça há de estar aborrecendo tanto o pai? Deveria deixar que outros tomassem a iniciativa. Isso é próprio para os homens... Moça deve pensar em casamento. Acredito e lhe digo aqui para nós, Frei José, que um dos filhos do Dr. Fontes, o Rodolfo, está inclinado por ela. Acho um ótimo partido. Rapaz rico, formado há pouco em Direito. Garanto que faria inveja a muita moça – insistiu D. Cândida, fitando a filha com um misto de carinho e vaidade.

Sinhá-Moça, ouvindo as palavras cheias de simplicidade da mãe, enrubesceu. Teve pena das suas ideias retrógradas.

Percebendo a situação incômoda que se criara, Frei José prosseguiu.

– Tudo hoje está mudado, D. Cândida! Sinhá-Moça só é digna de louvores pelo espírito filantrópico que possui. Quanto ao casamento, deverá resolver quando seu coração lhe ordenar. Só assim se garante uma felicidade conjugal.

Suspirando fundo, achando as ideias do frade deveras avançadas, D. Cândida pediu-lhe permissão para ir buscar um pouco do doce que fizera e dos biscoitos de polvilho, fugindo dessa maneira ao assunto que tanto a desagradara.

– Pois não, D. Cândida. Devo mesmo confessar-lhe que ainda não almocei. A fome está aqui – disse ele, apontando para o estômago –, e me atormenta. Aceitarei com prazer os seus quitutes.

Tirando do aparador a tigela fumegante, D. Cândida passou-a ao frade.

– Está quentinho, e com este frio lhe fará muito bem. Poderá esperar o jantar, que será tarde. Meu marido chegará lá pelas seis horas...

– Se a senhora soubesse como me é fácil fazer-lhe a vontade, minha senhora... – disse Frei José, sorrindo. – Mas com uma condição...

D. Cândida ficou intrigada e receosa. O que lhe seria pedido novamente?

Ele achou graça na impressão que causara a D. Cândida e, olhando com carinho Sinhá-Moça, exclamou:

– Esta menina vai tomar comigo um prato inteiro de creme. Não poderá levar avante a luta deixando de alimentar-se.

– É isso mesmo que eu vivo dizendo a Sinhá-Moça – afirmou D. Cândida. – Depois ficará fraquinha e...

Não pôde concluir a frase. Bastião, mal podendo respirar, pondo a alma pela boca, entrou a correr e, sem pedir licença, pôs-se a falar em voz alta, para se fazer ouvir:

– Virge Nossa Senhora! O coroner tá chegano! Apeou do animar. É perciso qui Sinhá-Moça corra pru quarto. Vosmecê não acha, sinhá?

Ao ver a impassibilidade do frade, que continuava a conversar, Bastião arregalou os olhos assustado e, na esperança de que concordassem consigo, dirigiu-se a Sinhá-Moça, que já fazia menção de afastar-se:

– Sinhá-Moça! Vassuncê percisa se arretirá...

– Não, Bastião! Sinhá-Moça ficará. Ela não cometeu nenhum crime! Espere, minha filha, com naturalidade, seu pai. Deve vencê-lo pela bondade e pela firmeza das suas atitudes. Continuemos a conversar... – propôs Frei José.

– Seguiremos seu conselho, reverendo – disse D. Cândida. – Mas, depois, as consequências... Ele vai sentir-se desautorizado.

– Deixe por minha conta, D. Cândida – pediu o frade.

Ante essa atitude tão firme, Bastião saiu cabisbaixo para o terreiro, dizendo:

– Tô com uma pena de sinhazinha! Seu revereno ainda num conhece o coroner!...

Sinhá-Moça também estava preocupada e, se não fosse o receio de desgostar o frade, teria saído. Conhecia de sobra o gênio impulsivo do pai. E assim, nervosamente, torcia entre os dedos rosados o lencinho de renda, prevendo os aborrecimentos que a esperavam.

Tudo isso se passou no espaço de poucos minutos e já se ouvia na casa-grande a voz forte e autoritária do coronel chamando Virgínia, com alarme e mau humor, para que acendesse o candeeiro da entrada.

– Tudo às escuras! – dizia ele. – Eu, que tenho horror às trevas! Não se vê nada!

– Sans Cristo! Vosmecê me perdoe! – exclamou a mucama, transida de medo.

Sem olhar para a escrava que havia esquecido a obrigação, foi entrando e gritando:

– Ora bolas! Por aqui não há mais ninguém! Apesar da escuridão, vejo que nem a mesa puseram a estas horas! Já não sou nada nesta casa!

– Boa noite, meu velho – disse bondosamente D. Cândida. – Não fique tão zangado, veja quem está aqui...

Um pouco vexado, deparando com Frei José, que permanecia mudo, falou o fazendeiro:

– Desculpe-me. Nem o tinha visto! Quando chegou?

– Há quase uma hora, para ter bastante tempo de conversar.

– O senhor é corajoso, Frei José – respondeu o coronel. – Abalar-se de suas comodidades, enfrentando essa estrada que piora dia a dia...

— Assim faz a saudade que sentimos dos amigos — retrucou calmamente o religioso.

— Admiro sua coragem, sua disposição — insistiu o fazendeiro, com certa ironia.

Aparentando não ter compreendido a intenção do coronel, alegou Frei José:

— A ausência de Sinhá-Moça, na paróquia, estava causando estranheza. Poderia ter adoecido...

— Ela anda é com ideias censuráveis. Não quer mais ouvir-me. Juro-lhe que lhe daria minha gratidão eterna, meu amigo, se conseguisse tirar-lhe da cabeça as suas caraminholas...

— Mas... perdoe-me, coronel. O senhor não está sendo um tanto precipitado no seu julgamento? Sinhá-Moça, ao meu ver, foi sempre uma pessoa de muito critério. Não posso crer que tenha mudado!

Encarando o sacerdote com surpresa, num misto de aborrecimento, quase rancor, o fazendeiro resolveu cortar o assunto e, para vingar-se, começou a tratá-lo com desabrida ironia.

— Como vão as coisas na paróquia, Frei José? — indagou ele. — Muitos donativos? Muita esmola para melhorar os altares e a vida... dos frades?

Percebendo a intenção maldosa do coronel, sem se alterar, replicou o religioso:

— É difícil responder-lhe. As pessoas que vivem pensando *materialmente* não chegarão nunca a compreender aqueles que estão no outro plano da vida. Sendo entes humanos, precisamos tratar-nos, alimentar-nos e contamos com os fiéis para, cientes dessas necessidades, nos ajudarem. Mas isso será falta grave, ambição desmedida? Trabalhamos pelo bem da coletividade, salvando almas, coronel! O senhor acha pouco?

É realmente obscuro, quase sempre sem reconhecimento o nosso labor, servindo muitas vezes até de chacota a pessoas pobres de espírito. Que se há de fazer? Ter confiança em Deus, pedir misericórdia para esses homens...

Puxando um pigarro, afrouxando nervosamente um cigarro de palha, gaguejou o fazendeiro:

– Devo ser realmente um pobre ignorante para tentar entender letrados como Vossa Reverência. Mas, quanto à minha filha, custe o que custar, não lhe permitirei que desvie os escravos da minha fazenda. Admiro-me de que, à atitude de Sinhá-Moça, o senhor chame criteriosa!

Sem permitir que Frei José o interrompesse, dirigiu-se à mulher, abalada com tais despropósitos, e ordenou-lhe que mandasse servir o jantar.

– Com sua licença, Frei José – disse D. Cândida. – Não repare no nervosismo de Ferreira...

– Não se incomode, D. Cândida – respondeu o frade, com um bom sorriso conciliador.

– Sinhá-Moça, minha filha, ponha sobre a mesa aquela toalha de linho bordada que veio de Portugal para as grandes cerimônias – pediu D. Cândida, mais consolada com a atitude do frade.

– Sim, minha mãe – assegurou a moça, e chamou Virgínia, que num canto assistia a tudo. – Vem cá, minha negra. Traze os copos de dia de festa que estão no guarda-louça e a porcelana com letras douradas. Depois, pede a Bastião para colher umas rosas. Lá, perto do paiol, contou-me o Tomás, é que desabrocham as mais lindas. – E, suspirando fundo, falou para si: "Pobre Tomás! Cultivava com tanto carinho as suas flores antes do maldito feitor o cegar!"

— Vorto num instante, sinhazinha — respondeu Virgínia radiante com o imprevisto da visita que viera trazer tanto contentamento a Sinhá-Moça.

Aproveitando a ausência das mulheres, Frei José, a sós com o coronel, interrogou:

— O senhor disse-me que Sinhá-Moça deseja "desviar" escravos? Confesso-lhe que não entendi.

— Eu não soube me expressar, Frei José. Quis referir-me às ideias que propaga e que andam soltas por aí. É só em liberdade, em direitos recíprocos que se fala nesta casa! E para mim continuam a ser fantasia sem fundamento. Quando penso que até o filho do Fontes, assim contou-me o pai, que é moço inteligente, formado, anda espalhando tolices e fazendo comícios para convencer o povo! Não sei onde iremos parar com tanta anarquia! Conceber-se essa raça sem raciocínio, despida de sentimentos, viver em liberdade! Francamente!... Mas comigo não contarão. Negro, Frei José, é para trabalhar. Terá de ser sempre cativo!

— E se eu lhe disser, coronel, que o senhor está redondamente errado? Que é desumano, egoísta, despido de sentimento elevado seu modo de pensar? Não podemos conceber um ente que tem alma, que raciocina (e neste ponto o negro é superior até ao índio no que diz respeito à afetividade), viver escravizado. O selvagem não tem o respeito do homem branco e chega até a desdenhá-lo. Ao passo que o preto deseja imitá-lo e se afeiçoa a ele, mesmo quando maltratado e aguilhoado à sua tirania... Pode estar certo, coronel, que só haverá paz e felicidade no mundo quando o nosso direito parar onde o do outro indivíduo começar. É preciso haver fraternidade! Igualdade! Os homens precisam amar-se como irmãos! — afirmou com veemência o sacerdote. – Se o senhor e muitos outros escravocratas se compenetrassem dessa verdade, de que o homem liberto, atendido nas suas necessidades, seria indubitavelmente um amigo... Se lhe permitissem associar-se aos seus progressos, contariam com um cooperador sincero e dedicado. A prosperidade, passando a ser um bem comum, meu amigo, extermina rancores e malquerenças!

– Não continue, Frei José. Prezo muito sua amizade e não quero agastar-me com o senhor. O senhor sabe doutrinar, mas na vida prática a coisa é bem diferente – exclamou convicto o fazendeiro. – E não fui eu que inventei o cativeiro.

– Oxalá que não venha a arrepender-se tarde e precise procurar-me para concordar comigo. O senhor, que tanto aprecia a luz, Deus, um dia, há de iluminar-lhe o espírito – profetizou, agastado, o religioso.

Nesse ínterim, Virgínia e Bastião trouxeram o jantar. A mesa estava encantadora. Sinhá-Moça a preparara com muito gosto.

– Sente-se aqui – disse D. Cândida, oferecendo a cabeceira a Frei José.

Na outra extremidade, ficou o coronel. Sinhá-Moça acomodou-se do lado esquerdo, pondo Luís perto do pai; D. Cândida assentou-se ao lado direito do frade.

Um silêncio incômodo reinava, de vez em quando quebrado pelo pigarrear nervoso do coronel.

D. Cândida procurava atenuar aquela situação, oferecendo a Frei José esta ou aquela iguaria...

Sinhá-Moça conservava-se calada. Às vezes, atendia o irmão, que lhe pedia alguma coisa.

Afinal, o café foi servido. Bastião, na sua simplicidade, querendo agradar ao sacerdote, disse:

– Virgínia moeu o grão agorinha mermo pru mode seu revereno achá mió o café...

Ouvindo-o, sorriu Frei José.

Depois de terminada a refeição, exclamou o religioso:

– Preciso ser incivil. Mas, como não ignoram, a estrada está péssima e não é nada agradável viajar tantas léguas durante a noite. Mesmo partindo agora, só vou chegar muito tarde ao povoado. Digo-lhes que estou desvanecido com as atenções que me dispensaram. Lá, ficarei sempre para os servir.

– O senhor está invertendo os papéis – assegurou D. Cândida. – A honra é que foi nossa de poder recebê-lo. Não é verdade, minha filha?

– Não será uma pergunta inútil, minha mãe? – indagou Sinhá-Moça, sorrindo para Frei José e beijando carinhosamente o rosto de D. Cândida.

Longe de apreciar essas efusões de amizade para com o frade, o fazendeiro as interrompeu dizendo:

– Enquanto o senhor se despede vou mandar providenciar tudo para que possa partir – e, sem esperar que Frei José lhe respondesse, levantou-se.

– Sinto estar-lhe dando tanto trabalho – objetou o frade.

– Isto é o menos – entre dentes resmungou o fazendeiro.

– Adeus, D. Cândida! – exclamou, já no alpendre, Frei José, procurando acompanhar o coronel. – Não me queira mal pela minha franqueza! Assim fazem os verdadeiros amigos. Sinhá-Moça – disse o frade –, não se precipite. Os acontecimentos estão aí. Seu desejo, minha filha, será uma realidade. Ainda terá muita alegria, com as bênçãos dos escravos... Até a vista! E não se esqueçam: estarei sempre pronto para as servir... – E, quase sem poder vê-las, ainda falou: – O coronel contou-me que há outras pessoas de suas relações que estão defendendo o mesmo ideal! – e sorriu...

– Frei José! – gritou Sinhá-Moça, sem poder conter-se. – Por que diz isso? Está querendo insinuar alguma coisa? Conhece alguém entre essas almas nobres? – indagou, curiosa, Sinhá-Moça, mas em vão. O frade já ia longe, no terreiro, não podia mais ouvi-la.

Voltando-se para a mãe, perguntou a moça:

– Luís não terá gostado da visita de Frei José? Não disse nada... Afinal, ele já está ficando um moço. Precisa tornar-se mais sociável...

Capítulo III

Os pássaros regressavam aos ninhos, para que a noite não encontrasse sós seus filhotes, assustando-os com a escuridão...

As cigarras zuniam, despedindo-se do sol que se extinguia.

As serras se cobriam de tênues nuvens azuis acinzentadas, como Madonas em recolhimento.

No pasto os bois mugiam tristemente, aumentando com a sua melancolia a mágoa dos escravos que caminhavam como autômatos, sem alegria, sem esperança, para as senzalas.

Era mais um dia que se ia, sem perspectivas de outros melhores...

Bastião procurava vencer esse desânimo, assegurando que Sinhá-Moça trabalhava o espírito do pai para conseguir-lhe a alforria. As palavras de Bastião representavam um pouco de luz onde tanta treva reinava.

Assim estavam os escravos quando o trotar de um cavalo os despertou. Frei José regressava. Seu animal ia devagar, pisando as folhas secas do caminho, assustando os sapos na sua orquestração... Ia tão entregue aos pensamentos, meditando nas ideias do Dr. Rodolfo, que afirmava, a cada passo: "A liberdade é um direito natural e não um direito político. É um princípio que nunca se perde. Quando ela é conquistada em proveito de um único homem, traz consigo o despotismo... É a servidão de uma totalidade de indivíduos em proveito de um só! E isso não se poderá mais admitir nos tempos que correm..."

Lembrava a figura áspera do fazendeiro. Ele e Sinhá-Moça representavam bem as duas facções em luta, no mundo daquele tempo. Ele, egoísta, querendo a liberdade, como bem exclusivo e pessoal, só para si. Ela, desejando a felicidade de todos os semelhantes, o seu bem-estar moral e material.

"Ela sim", dizia Frei José com seus botões, fustigando o animal, "é que tem razão. Ou se renovam as leis da sociedade ou grandes catástrofes advirão".

Passaram-se muitas horas.

Na fazenda, em seu quarto pequenino e perfumado de alfazema, também Sinhá-Moça pensava em Frei José, nas suas palavras veladas e cheias de mistério, à hora da partida...

"A quem estaria ele se referindo? O Dr. Rodolfo lhe teria dito alguma coisa? Por estarmos de acordo, Frei José terá deduzido algo que venha a nascer em nossos corações? Realmente, naquele baile contei minhas ideias... Quase cheguei, no entanto, a me arrepender, porque Rodolfo me olhou tão espantado... Recordo-me, agora, do que lhe disse: 'A liberdade deve ser uma religião... Precisa ter seus altares e seus sacrifícios...' E ele me respondeu: 'Acho que a liberdade é a Razão...'

Terão conversado sobre tudo isto? Estou intrigada e curiosa... Enfim, darei tempo ao tempo. Se trocaram impressões, se estão de acordo, melhor será para a grande causa da liberdade dos escravos..."

Tão alheada estava em suas divagações que, somente com a entrada de Virgínia no quarto, Sinhá-Moça percebeu que já era manhã. Passara a noite em claro, nem sentira!...

— Madrugô, sinhazinha – disse Virgínia, que não notara o ar fatigado da moça. E, afastando o cortinado de tule, continuou: – Vai ficá contente hoje, com a nega!

— Por quê?

— Permero Sinhá-Moça vai tumá o leite todo, dispois eu conto...

— Conte-me primeiro, Virgínia! – insistiu a moça com viva curiosidade.

— Num posso... Permero percisa tumá o leite...

Ela fez um muxoxo, como menina que não se conformava de ter sido contrariada, vestiu o roupão de seda azul, alisou as madeixas douradas, pulou da cama e, fingindo ares imperiosos que não conseguiam esconder a bondade, queixou-se:

— Você está é judiando de mim... É assim que me quer bem?

Sentindo porém o desaponto que se estampava na fisionomia da escrava, arrematou:

— Não a quero magoar, Virgínia! Dê-me essa xícara. Quero num gole tomar todo o leite para ter o direito de saber o que há...

Tomando-o num sorvo, disse:

— Agora?

Virgínia foi então, pé ante pé, olhar na janela. Precisava certificar-se de que o coronel não andava por ali! Depois de tranquilizar-se, tirou do seio uma carta, entregando-a a Sinhá-Moça:

— Peço a vassuncê pru Nosso Sinhô! Tome cuidado, sinhazinha! Bastião foi na vila a mandado do seu coroner e seu revereno entregou este paper... Pidiu segredo... Disse qui ele num sabe... vosmecê lê i rasga... sinão...

Tomando com sofreguidão a carta que Virgínia segurava com as mãos trêmulas, adiantou-lhe:

– Fica tranquila. Não comprometerei ninguém...

À espera de que Sinhá-Moça lhe falasse do assunto, a escrava permaneceu ali, aproveitando para arrumar o quarto.

Os olhos da jovem, à medida que liam, marejavam-se de lágrimas. Eram palavras de bondade, palavras de fé e de estímulo que escrevera o sacerdote, mas que a punham também a par das atrocidades que sofreram certos cativos numa fazenda próxima da vila e falavam-lhe então da onda de revolta que estava crescendo no coração de muita gente, inclusive de Rodolfo, que encabeçara um movimento em prol dos infelizes...

Sem lembrar da presença de Virgínia, Sinhá-Moça, empolgada pelo que estava lendo, começou a falar alto:

– É extraordinário esse moço! Não teme os ódios que levanta contra si!

– Credo! Vosmecê tá falano sozinha?

– Virgínia! As pessoas quando se exaltam precisam deixar que o coração extravase! Se me fosse possível, gritaria para que ouvissem, proclamando o que penso em favor dos humildes! Seu reverendo – respondeu a jovem – fala na carta, também... de um filho do Dr. Fontes...

– Hum! Já sei... di seu Dotô Rodorfo, num é, sinhazinha?... D. Cândida anda cismada qui ele tá gostano di vassuncê...

– Não, Virgínia, a carta fala é do Dr. Fontes. Seu filho mais velho é que... pensa como eu... e que...

Tão entusiasmada estava a mucama que não deixou Sinhá-Moça concluir a frase. Exclamou:

– Gosta de vassuncê...

– Que tolice, Virgínia! – murmurou Sinhá-Moça, corando.

— Isso vai dizê quarqué dia, sinhazinha... Aqui – disse a escrava mostrando o coração –, dentro do peito, uma coisa tá falano...

— Você não vê, minha negra, que ele me conhece muito pouco? Quando pequenina, é verdade que brincávamos juntos, mas, depois, foi para o colégio dos jesuítas... para a academia... Só agora, naquele baile, o mês passado, é que nos vimos, pode-se dizer, pela primeira vez... Há de desejar casar-se com moça da capital, com hábitos aristocráticos! Eu... devo parecer-lhe uma caipirinha apenas extravagante – ponderou ela esboçando um sorriso incrédulo.

— Quá, Sinhá-Moça! Num há menina mais bonita no mundo! Vassuncê é a frô mais linda que Nosso Sinhô escolheu pra prefumá o coração de tudo nóis... Quando vosmecê desce a ribanceira levano remédio, doce, pro nego qui tá sofreno, fais nóis tudo chorá di filicidade... Seu Dotô Rodorfo, escoiendo sinhazinha, leva a joia mais bonita qui tá escondida na Araruna! Ah! Sinhá-Moça!... – disse Virgínia, num longo suspiro. – Quiria vivê... Quiria qui o seu coroner num vendesse sua Virgínia pru mode podê sisti o casamento de vassuncê...

Com lágrimas molhando o rosto de ébano, a negra-mina olhava sua querida Sinhá-Moça e, como se estivesse vivendo num sonho, prosseguia:

— Sinhazinha vestida de renda branca... com as frô de laranjeira prefumano os cabelos di oro... A casa cheia di gente da cidade... da vila, D. Cândida mandano colocá as cortinas di seda vermeia nas janela toda... Seu coroner todo si rino... Seu revereno satisfeito taliquá nu dia da permera comunhão de vosmecê. Seu Dotô Rodorfo rico di filicidade. E nóis tudo,

Sinhá-Moça, rino e chorano di contentamento, bençoando nossa sinhazinha...

Quem visse Sinhá-Moça, tão atenta ouvindo Virgínia, teria a impressão de uma menina encantada com história de fadas. Ela chegara a esquecer as agruras que a atormentavam...

De repente, porém, fugindo a tão bonita magia, objetou à mucama:

– É lindo o seu sonho... Todavia, não passará nunca de uma quimera, de uma fantasia... Quanto a você, porém, Virgínia, posso desde já assegurar-lhe, não será vendida. Se for preciso o meu sacrifício, de bom grado o farei pela sua liberdade. Haveremos de... envelhecer juntas – disse rindo para a mucama.

– Quá, Sinhazinha! Vosmecê é muito criança...

– Mas você não é ainda velha! E, depois, há tanta gente trabalhando pelos escravos para que a abolição venha depressa...

– Nosso Sinhô escuite vosmecê! – exclamou a escrava, benzendo-se e saindo do quarto, às pressas, ao lembrar-se do coronel, que poderia estar notando sua ausência.

Capítulo IV

A cidade amanhecera em festa. Era dia de São Paulo. Barraquinhas pintadas de cores vistosas, umas com prendas valiosas oferecidas pelas famílias abastadas, outras com doces cheirosos, envoltos em açúcar cristalizado, pés de moleque e canequinhas de quentão.

A igreja resplandecia como num dia de Natal, e Frei José, radiante, ia e vinha ocupado com os últimos arranjos do altar-mor, para a bênção...

Começavam a chegar os fiéis. Senhoras austeras nos seus vestidos de gorgorão preto fazendo fru-fru... Homens de sobrecasaca, impecáveis no seu trajar, moças casadouras ostentando *toilettes* adornadas de rendas e bordados em tiotê. Alguns rapazes vestidos pelos figurinos de Paris... Escravos de fazendeiros liberais trajando roupas de cores fortes, e os peões, calças de zuarte, piedosamente ajoelhavam-se para rezar...

A nave já estava apinhada de fiéis. Ouviu-se o órgão com sua voz profunda... O sacristão balouçava o turíbulo, impregnando de incenso o ambiente místico que convidava à oração.

Frei José, paramentado para o divino sacrifício, aproximou-se do altar tirando do sacrário o ostensório onde o Santíssimo estava guardado, para abençoar o povo novo, e, ao voltar-se para o centro do templo, percebeu pelos seus passinhos ligeiros a chegada de Sinhá-Moça, atrasada e apressada, em companhia dos pais, procurando um lugar para o menos possível perturbar a missa.

Não obstante esse cuidado, despertou a atenção de algumas pessoas aquela figurinha bonita, recatadamente envolta como se fora uma Madona, no seu véu de tule...

– Dr. Rodolfo... – disse um jovem colega do advogado –, repare que moça linda está chegando! Não lhe parece uma visão?

Voltando-se, respondeu Rodolfo:

– Você tem razão. E eu... já a conheço. Realmente ela é muito interessante e bem diferente das outras!

– Pelo que vejo – retrucou o amigo –, estou descobrindo um romance... Hum!

– Depois conversaremos – respondeu o rapaz, pedindo silêncio e mostrando Frei José, que se aproximava para falar.

– Inteligente desculpa para despistar um indiscreto! Mas não me dou por vencido – insistiu o moço. – Quero também ser convidado para os doces, hein?

– Por favor! Não brinque! Escutemos a palavra do sacerdote!

– Far-lhe-ei a vontade, mas não esquecerei.

– Está bem – ponderou novamente Rodolfo, sorrindo e procurando prestar atenção a Frei José, que assomava ao púlpito.

O frade começou assim:

– Meus irmãos! Comemorando hoje o dia de São Paulo, o grande filósofo de Tarso convertido para o reino de Deus, quero recordar estas maravilhosas palavras do Evangelho, ditas por ele aos fiéis, para que mediteis sobre elas. *Não acho que minha vida tenha algum valor para mim, contanto que termine minha carreira e o Ministério que recebi do Senhor Jesus: dar testemunho do Evangelho da graça de Deus. E agora, por mim sei que não mais me vereis, vós todos entre os quais passei pregando o reino de Deus... Não cobiceis nem ouro, nem prata, nem as roupas de ninguém. Vós mesmos sabeis que estas mãos proveram as minhas necessidades e as dos que estavam comigo. Em tudo vos mostrei que trabalhando assim é preciso sustentar os fracos e recordar as palavras do Senhor Jesus, que disse, Ele próprio: "Há mais ventura em dar que em receber".* Desejo, meus irmãos – disse Frei José – que pondereis, procurando neste momento tão grave para a coletividade compreender as palavras do apóstolo, inspiradas pelo Divino Espírito Santo: *Há mais ventura em dar que em receber.* Não é a avareza, o egoísmo, a tirania que dão felicidade. É a generosidade, a caridade e a bondade do homem para com o seu semelhante! Não é o jugo forçado do senhor sobre o escravo, mas o estímulo que ele leva com a sua justiça que pode assegurar-lhe verdadeiro progresso...

Com eloquência, o frade continuava a falar. Rodolfo, de soslaio, observava Sinhá-Moça que, atenta, com o semblante inundado de satisfação, parecia aplaudir as palavras de Frei José.

– A sociedade – prosseguia o sacerdote – é um desenho de Deus. Foi por Cristo, como disse tão acertadamente Bossuet, que Deus terminou esse desenho. Mas o cristianismo não é nenhuma área que não se possa distender; é, ao contrário, um círculo que se alarga à medida que a civilização se desenvolve... Ele não comprime, não oculta nenhuma ciência, nenhuma forma de liberdade... Jesus Cristo, ao vir ao mundo, pregou a igualdade entre os homens. A liberdade, portanto, sem escravos! A história da sociedade moderna começou verdadeiramente sob o holocausto da cruz. E a cruz, meus irmãos, é o monumento da civilização hodierna.

Dos pés do lenho, falou com veemência Frei José, olhando para o altar:

– De Jerusalém foi que partiram doze legisladores pobres, quase nus, com seu bastão, para ensinarem às nações a renovação dos costumes. Precisamos, nós, caríssimos irmãos, a exemplo desses heróis, trabalhar também pela fraternidade entre os homens, seguindo o caminho de Jesus. Só quem segue a Sua doutrina pode considerar-se devidamente cristão. Não basta vir à igreja! É preciso proceder de acordo com a Sua lei! É em nossos corações que armamos o altar para elevar Jesus fazendo o bem. Religião é verdade pura. É caridade.

Abençoando os fiéis, que num zun-zum se acotovelavam para sair, Frei José voltou ao altar e ajoelhou-se, rezando contritamente.

– Minha mãe – disse baixinho Sinhá-Moça –, vou à sacristia esperar Frei José, para cumprimentá-lo. Não me demorarei.

– Pense em seu pai – respondeu D. Cândida. – Você sabe o quanto é impaciente; não vá demorar!

– Sim, mamãe.

Ao vê-la levantar-se, Rodolfo, que ficara junto ao umbral da igreja, despediu-se apressadamente do amigo e seguiu-a.

Sinhá-Moça, esperando Frei José, folheava o missal distraidamente. Súbito ouviu junto de si a voz de Rodolfo, que a fez, involuntariamente, estremecer.

– Boa noite, *Sinhá-Moça*... Permita-me que a cumprimente com a minha simpatia, a minha... admiração?

— Muito obrigada lhe fico por suas amáveis palavras — respondeu Sinhá-Moça, sentindo um misto de acanhamento, mas também de prazer, o que, aliás, a ela própria surpreendia.

— Que surpresa! Como está enfeitado este recanto da igreja!... Sinhá-Moça, por aqui...

— Sempre generoso, Frei José! Vim cumprimentá-lo pelo seu magnífico sermão!

— Gostou, então? Acha que minhas palavras conseguirão calar no coração dos escravocratas?

— Não tenho dúvidas — respondeu Sinhá-Moça, interrogando Rodolfo com o olhar.

— E o senhor? Não diz nada? — indagou Frei José, batendo de leve no ombro do rapaz, tirando-o do seu devaneio.

— A minha presença neste recinto não lhe diz algo? — perguntou sorrindo Rodolfo. — Não percebeu, Frei José, que aguardava modestamente a minha vez para saudá-lo?

— Nesse caso — objetou o frade amigo –, dê-me agora o seu abraço. — E continuando: — Pelo que pude notar quando me aproximava, já eram amigos. Estão, pois, dispensados da minha apresentação. Afirmo-lhe, Dr. Rodolfo, à medida que for convivendo com Sinhá-Moça ficará encantado! As ideias dela se coadunam com as suas. São assim, humanitárias e generosas...

— Já havia percebido, Frei José — atalhou Rodolfo envolvendo a jovem num afetuoso olhar. E indagou:

— A senhorita recorda-se?

— Frei José, sinto-me tão aturdida... — queixou-se Sinhá-Moça, enrubescendo.

— Não há razão. Estou apenas falando a verdade...

Mudando bruscamente de assunto, falou a moça a Frei José:

– Não posso demorar-me mais, santo Deus! O senhor bem conhece meu pai. Ele tem horror à cidade. Está com o trole nos esperando, para regressarmos, agora mesmo, à fazenda. Adeus, Frei José!

— Deus a proteja, minha filha! – disse o capelão, abençoando-a.

– Boa noite, Dr. Rodolfo!

– Felicidades e boa viagem! A propósito, pode dar-me ainda um pouco de atenção? Queria convidá-la para o baile que vamos oferecer, na próxima semana, em homenagem a mamãe, que festeja as bodas de prata.

Um pouco confusa diante desse convite, Sinhá-Moça estendeu a mãozinha enluvada para o rapaz, num gesto quase de assentimento:

– Depois falaremos. Muito agradecida!

– Poderia ter dito que sim – retrucou Rodolfo, sem reparar que o sacerdote o estava observando. – A sua pessoa faria o encanto da festa! Posso assegurar-lhe de que a sua presença seria para minha mãe a maior alegria...

– Poderia decepcioná-lo... – com um sorriso quase irônico, respondeu Sinhá-Moça, partindo.

Na porta da igreja, o fazendeiro, com a ponta da bengala, batia nervosamente nos velhos degraus, pronto a explodir de impaciência.

D. Cândida consultava medrosamente o relógio de ouro preso pela *chatelaine* na blusa de renda. Previa a cólera do marido se Sinhá-Moça continuasse a demorar.

Lá fora, a noite estava escura e uma chuvinha renitente começava a cair... Eis que surge Sinhá-Moça, correndo como criança alegre, como escolar em férias, perguntando a rir:

– Demorei-me muito? Frei José custou um pouco a chegar! Não me ficava bem partir sem cumprimentá-lo...

– Não havia razões para isso! Retardar nossa volta com chuva, isso sim, não acho nada interessante. O que você diz, Cândida? – indagou o coronel Ferreira, olhando também para a filha, como a perscrutar o que lhe ia na alma.

– Não se aflija, meu velho! Não acontecerá nada. Voltaremos com Deus! O caminho ainda está seco. Agora é que começa a chover – ponderou a senhora, pacientemente.

Sinhá-Moça emudeceu. Estava entregue aos seus pensamentos e sentia dentro do coração um calor novo, que a fazia estremecer em verdadeira festa de primavera... Despontava sem que pudesse compreender, na sua alma, algo doce, de inédito, que a fazia inteiramente venturosa. Amava, Sinhá-Moça...

Sacudindo os ombros num gesto de aborrecimento, continuou o fazendeiro, dirigindo-se ao escravo:

– Tomemos por esta encruzilhada. O trajeto é menos perigoso – acrescentou maliciosamente, olhando para o cocheiro. E falando para si: – Desses bandidos pode-se esperar tudo.

Sinhá-Moça, que o ouvira, replicou:

– Oh, meu pai! Sempre pensando mal dos outros! Assim, como pode ser feliz? Quem tem a consciência tranquila não deve alimentar tantos receios!

– Já te proibi de estar recriminando meus atos! Ninguém melhor que eu conhece a crônica dessa escória... que, aliás, pensa vencer-me ! Mas nisto é que se engana redondamente! Serei senhor mesmo para vê-los estorcerem-se sob as dores dos ferros em brasa e atirados aos corvos!...

– Como temo pelo senhor, meu pai! Se soubesse o horror que sinto pensando que alguém possa estar a ouvi-lo! Que venha a sentir ódio do senhor, que lhe queria mal – balbuciou Sinhá-Moça, baixinho e chegando-se mais para perto da mãe, que tremia de medo.

Na boleia do trole, o cativo d'Angola, negro embrutecido pelos sofrimentos, que recebera as ordens do coronel e o escutara no seu desabafo, alimentava dentro do coração um sentimento de vingança.

Sinhá-Moça, com os olhos marejados de lágrimas, como prevendo alguma coisa má, dizia intimamente a Jesus:

"Do vosso trono de estrelas, olhai por meu pai! Abrandai seu coração, tornando-o mais humano! Fazei passar por seu olhar endurecido o sofrimento do escravo! Daquele que morre estrebuchando na enxerga das senzalas sem nenhuma assistência, lembrando-se, muita vez, dos seus filhos pequeninos, que lhe foram arrancados dos braços para que fosse melhor vendido!

"Fazei-o recordar da velha Bá, que o nutriu, que lhe deu o seio dando-lhe vida e hoje, ajoelhada aos seus pés, pede misericórdia pelos irmãos e o encontra impassível...

"Passai pelos olhos de meu pai, indiferentes ao sofrimentos dos humildes, essas levas de cativos que ele compra e que vende e que chegam nos porões dos navios, esquálidos, famintos, enlouquecendo de dor e de saudade...

"Mostrai-lhe, Senhor, o martírio dessa pobre gente de pulsos cortados pelas correntes de ferro e que incessantemente lhe pede misericórdia! Fazei-o enojar-se dos feitores tiranos que, rindo como dementes, como imbecis açoitam o negro, comprazendo-se, depois, quando o veem coberto de sangue..."

Tão absorta estava Sinhá-Moça na sua súplica que só percebeu a chegada à fazenda pelo barulho seco da porteira, empurrada com força pelo coronel, que ajudava a mulher a descer e que ordenava ao cocheiro:

— Leve os animais para o pasto e prepare o trole para amanhã cedo. Recolha-se imediatamente à senzala; nada de conversa, ouviu?

Justino, assim se chamava o escravo, desafiando com o olhar frio o fazendeiro, respondeu-lhe que sim entre dentes e se foi.

D. Cândida, que vivia intimidada com as atitudes do marido, entrou em casa acompanhada de Sinhá-Moça e foi beijar Luís. Ele dormia.

Ouvindo os passos ligeiros de Sinhá-Moça, Virgínia veio falar-lhe:

— Bênção, sinhazinha! Por que Dona Cândida foi pru quarto chorando? E a festa de seu revereno? Vassuncê gostou? Num panharam chuva? Este vestido tão fino... Tava cum arreceio qui vassuncê se resfriasse... Virgínia tamém tava afrita, pidindo pra Nosso Sinhô qui fizesse vancês tudo vortá dipressa. Nunca vi querê tanto bem — asseverava na sua meia língua a preta velha, que fora também ama de D. Cândida.

— Foi tudo direito, Bá. Fico-lhe muito obrigada pelo interesse. Apenas voltei um pouco cansada. A estrada não estava das melhores e creio que o abalo me deixou com dor de cabeça. Vou descansar e amanhã estarei boa.

— Vassuncê aceita um chá de frô di laranja?

— Não, Bá, o melhor remédio é o sono — objetou a jovem, passando a mão pela carapinha branca da escrava.

Um silêncio se fez no interior da casa. Lá fora, porém, alguma coisa de anormal se passava. O ar pesado, escuro, cheio de apreensões.

A chuvinha continuava a bater nas vidraças da casa-grande, como gemidos tristes de escravos algemados...

D. Cândida não conseguia fechar os olhos. Uma angústia indizível assenhoreou-se do seu coração; tinha ímpetos de acordar o marido, que já dormia despreocupado. Mas, ao mesmo tempo, tinha receio de irritá-lo. Não compreenderia seus receios, seus pressentimentos...

Sinhá-Moça, pela primeira vez, depois de tantas noites em claro, dormia feliz, sonhava com alguém...

Eis que, de repente, um tiro surdo na solidão da noite se fez ouvir! O coronel saltou da cama, apanhou a garrucha e saiu para o alpendre. Ali gritou pelo administrador, perguntando-lhe em voz alta:

– O que há? O que se passa?

Sua voz perdeu-se no aceiro do mato... Ninguém lhe respondeu. Assomando então à varanda, D. Cândida, que desejava seguir o marido, assustou-se com a escuridão daquela noite sem lua e rogou-lhe que não saísse.

– Irei com ele – declarou Sinhá-Moça. – Fique tranquila, minha mãe! – E, embrulhando-se na mantilha que Virgínia lhe trouxera, tentou seguir o pai, que sem lhe dar ouvidos saiu gritando:

– Não quero que me acompanhe! Fique com sua mãe! Em absoluto, não posso admitir isto! Se esse tratante não cumpre as suas obrigações tomando conta da fazenda, se dorme sono solto como um... frade, irei sozinho investigar o que se está passando!

E continuou a gritar:

– Bastião! Justino!

O silêncio doía.

Com a garrucha na mão, o fazendeiro, espumando de raiva, entrou nas senzalas, encontrando com surpresa somente as mulheres e as crianças.

– Onde estão os homens? – vociferou.

Emudecidas pelo medo, elas não podiam falar. Ante a figura enfurecida do coronel, os moleques, agarrados às saias grossas das mães, choravam baixinho, procurando esconder-se.

E ele continuava cada vez mais irritado com o silêncio das escravas:

– Falem, miseráveis! Se continuarem assim, mandarei amarrá-las e serão açoitadas para servirem de exemplo aos parceiros... – mas não terminou a frase. Sinhá-Moça surgiu naquela escuridão, onde o ódio e o pavor se associavam, e perguntou ao pai:

– O que é isso? Acalme-se... Tenha pena destas mulheres indefesas, eu lhe peço...

– Desapareça de minha frente, maluca! – replicou, fora de si, o fazendeiro. – Você é culpada de toda essa indisciplina!

– Meu pai! Escute-me... Volte comigo para a fazenda, suplico! Tenha pena de minha mãe!

– Não sou covarde! Se o capataz é poltrão e se fecha a sete chaves com receio de indisciplinados, sairei sozinho à procura desses cachorros!

Sinhá-Moça assistia à fúria paterna, sem saber como reagir.

Virgínia, mandada por D. Cândida para proteger Sinhá-Moça, implorava-lhe:

– Num deixe, sinhazinha, saí seu coroner...

– Que está ela dizendo? – perguntou o fazendeiro, desconfiado.

– Tava pedindo pra sinhazinha num deixá vassuncê saí só pelo caminho... Arreceio...

– Essa agora tem graça! – exclamou o fazendeiro, fitando-a duramente.

– É mermo... Vosmecê tá cum seu dereito... Cumprô nóis tudo, mas os negro num qué si conformá. Iscravo tamém tem coração... tem entranha... Ama, seu coroner... tamém odeia, taliquá us branco...

Possesso, achando atrevimento demasiado de Virgínia falar-lhe assim, o coronel bateu-lhe com o chicote no rosto, fazendo-a encostar-se num canto.

Desesperada ante a crueldade do pai, Sinhá-Moça, querendo proteger a mucama da fúria paterna, atirou-se sobre ela, encostando seu rosto nas faces negras e molhadas de lágrimas da escrava, misturando sua cabeça fulva com a carapinha empapada de sangue.

Era um quadro comovente. Choravam as cativas e as crianças, e sinhazinha, aflita, procurava consolar a pobre Virgínia.

Lá fora, a chuva continuava a cair como lágrimas sentidas diante de tanta incompreensão, diante de tanta crueldade.

Capítulo V

O Coronel Ferreira voltou a casa, um tanto preocupado. Limpou, azeitou e escorvou a garrucha, calçou as botas, pôs a capa e, sem dar atenção às lágrimas de D. Cândida, que perguntava por Sinhá-Moça, partiu num dos cavalos desatrelados do trole.

Embrenhou-se pelo mato encharcado, procurando ouvir algum ruído que o pudesse orientar. De vez em quando, fustigava o animal com mais força, como a querer despertá-lo para que as investigações fossem mais rápidas. De repente, o cavalo estacou. "Que terá acontecido?", perguntou ele a si mesmo. Apeou, e um horripilante quadro surgiu-lhe diante dos olhos.

O administrador, com as vestes rasgadas, os olhos fora das órbitas, as vísceras à mostra, jazia morto.

Estatelado, o fazendeiro olhava aquela cena trágica. Calafrios passavam-lhe pelo corpo. Imediatamente compreendeu. Tratava-se de uma vingança dos escravos.

"Virgínia deverá saber dessa conspiração. A prova é que não queria que eu saísse... Fiz mal em tê-la espantado, para poder melhor conhecer os fatos. Enfim... não há tempo a perder. O melhor será ir à cidade", pensou ele, transido de medo, "e trazer as autoridades".

Sem mais perda de tempo, partiu a galope, pela estrada afora.

Escondidos no mato, os negros espiavam seu desespero, riam-se dele.

Só Sebastião e Tomás pediam-lhes indulgência, por amor à sinhazinha. Era tão boa para eles, diziam os coitados.

– Pena? Quem tem dó de nós? O que fizeram os brancos com nossas mães, com nossos fios, com nossos irmãos? Tomás taí... Ele pode dizê... A Lua tá pareceno pra creá o caminho. Ele tá veno? Quem foi que tirou a vista dele?

– Si o Coroner Ferreira incontrasse nóis tudo, agora, nem mandaria matá, i punha nóis nu "tronco"? – falou Justino, o cocheiro negro, de alta estatura, enérgico e rancoroso à força dos maus-tratos sofridos.

Bastião ainda tentou convencê-los, mas, olhando para o escravo irredutível, cujos olhos não desmentiam seus objetivos, calou-se amedrontado por Justino, que deixava espumar a raiva da boca sensual. Seus olhos brilhavam de indignação; lembrava-se nesse momento do irmão mais moço, que enlouqueceu por causa dos maus-tratos do fazendeiro. Nunca mais pudera esquecer o infeliz irmão Fulgêncio; o coitado, já louco, preso num casebre, quando via passar o coronel, punha-se a gritar: *Satanás! Não venha beber meu sangue, comer minha carne!* Era uma alucinação do demente, mas a Justino parecia sempre um convite para a vingança. E dizia ele aos companheiros:

– Não há tempo a perder! Precisamos vingar-nos do que foi feito a Fulgêncio! A esta hora os capitães do mato devem andar à nossa procura. O melhor é Bastião correr às senzalas trazendo as mulheres, do contrário servirão como reféns...

Bastião, que era moleque submisso, numa corrida desabalada saiu para cumprir as ordens e trazer as companheiras de infortúnio.

Para surpresa sua, encontrou Sinhá-Moça, àquelas horas, consolando-as. Era comovente a figura dessa jovem.

– Aqui? – indagou Sinhá-Moça, dirigindo-se a Bastião. – Onde deixou meu pai?

O negro, embaraçado, não sabia o que responder.

– Fale, Bastião! Não mereço mais a sua confiança?

– Ó, sinhazinha, num sei u que dizê pra vassuncê... Juro pru Deus Nosso Sinhô qui seu coroner foi pra vila.

– E você? Que veio fazer? Onde deixou os companheiros? Por que fugiram? Que estão planejando?...

Sem deixar que Bastião lhe respondesse, as cativas continuavam a se lamentar, conscientes da opressão que sofriam... Achavam que o coronel não devia ter espancado Virgínia, que tinha falado a verdade...

Se o corpo muita vez obedecia (diziam elas), a alma, a todo instante, se revoltava contra a tirania do senhor branco.

Elas eram tratadas como coisas sem valor, não como criaturas que pensam e que sentem.

Raça inferior, dissera-lhes o coronel! Ele medira por certo o cérebro do escravo, achando-o estreito para os grandes empreendimentos, feito apenas para obedecer.

Mas chegara o momento da desforra! Gritavam, proclamavam as mulheres, numa alegria selvagem.

Virgínia, conciliadora, procurava acalmá-las, e Sinhá-Moça, magoada, não podia deixar de, no fundo, achar que as pobres tinham razão...

Bastião continuava calado, esfregando as mãos calosas num ar embaraçado.

– Mas, Bastião... que deseja você?

Chorando como criança, ajoelhou-se aos pés de Sinhá-Moça, pedindo-lhe:

– Fuja, sinhazinha! Vassuncê num pode sofrer inocente. Os negro tudo vai vingá nos brancos qui num tem coração, Sinhá-Moça. Justino é qui mandô eu pru mode levá as muié imbora...

Uma palidez de morte ensombrou o rosto de Sinhá-Moça. Ela percebeu a desgraça que se aproximava, ficou como petrificada, sem poder falar.

– Vamo, Sinhá-Moça – ponderou Virgínia, apoiando em si o corpo delicado da jovem, que vergara como vara nova ante tanta emoção.

– Irei sozinha – objetou Sinhá-Moça, readquirindo o sangue-frio. – Não tenho receio de nenhum mal que me possam fazer. Siga as outras mulheres. Que direito tenho eu sobre sua vida? Voltarei para perto de mamãe e de Luís.

– Perfiro morrê junto de vosmecê du que fugi, Sinhazinha!

– Mas é impossível, Virgínia, tanto sacrifício! O que a espera, senão as iras de meu pai?

– Num é sofrê, ficá junto di quem si qué bem...

Vendo que Virgínia não as acompanhava, as cativas foram pegando nas trouxas, carregando os filhos e saindo uma a uma para o terreiro.

Umas, com pena de Sinhá-Moça; outras, satisfeitas com a rebelião.

Pensando na sorte do pai, encaminhou-se para a casa-grande, acompanhada da mucama. Durante o trajeto ela conjecturava: "A desdita conhecida dá à alma um ponto de apoio: sofre-se, mas não se ignora o sofrimento. Ele já está determinado e une um profundo sentimento à pena de sua vítima ou onde ela se agita ou se debate... Mas um infortúnio que se apresente e de que a imaginação nos traz várias formas provoca em nossas almas uma dor que desnorteia e da qual não podemos precisar o grau de dureza... Como suportar, meu Deus, esta tormenta? Encher o espírito de coragem, de resignação, ou de energia franca para combater?". Esses pensamentos se sucediam na cabeça de Sinhá-Moça, que via passarem as horas numa lentidão de cortejo fúnebre.

Seu coração batia violentamente, e tudo a fazia estremecer... O cair de uma folha no caminho, o fosforescer de um vaga-lume, o voo de um pássaro noturno.

Afinal, chegaram à casa. D. Cândida, debulhada em lágrimas, invocava a proteção da Virgem. Luís, como passarinho que não conhece as agruras da sorte, dormia tranquilamente...

Quando viu a chegada da filha, num misto de contentamento e de preocupação, disse D. Cândida:

– Como sou feliz, você voltou! E seu pai?

– Tranquilize-se, mamãe – replicou Sinhá-Moça, aparentando uma calma que estava longe de sentir. – Não tardará. Tudo já está resolvido.

– Deus lhe ouça! Temo tanto pela sorte dele!

Justino, todavia, não perdia tempo. Como experimentado general, distribuía os parceiros pelas cercanias da fazenda, ocupando as posições estratégicas. E nessa obra de defesa empregava também muitos negros que tinham fugido de outros senhores para a eles se juntarem.

Sabiam que, se fossem apanhados, seriam trucidados como feras e, por isso, tratavam de preparar-se para receber os brancos...

Na cidade, reinava o medo. Um grande susto contagiava todas as pessoas que eram partidárias da escravatura. Frei José, apreensivo pela sorte das famílias, rogava a Deus que as protegesse.

Quase sem poder respirar, ofegante, afinal chegou à delegacia o Coronel Ferreira, explicando a situação ao Dr. Fontes, seu velho amigo, que se achava naquele momento com as autoridades, providenciando para dominar o motim.

Imediatamente, foram mandadas algumas escoltas para dispersar os insurretos.

Dr. Rodolfo, que estava na sala contígua, passeando de um lado para outro, preocupava-se com Sinhá-Moça que, àquela hora, deveria estar aflita.

Pensava em partir, acontecesse o que acontecesse, para protegê-la. A vida da jovem representava para ele toda a razão de ser de sua existência. Seu coração estava apaixonado. Uma febre escaldava-lhe as entranhas. Era a angústia de imaginar um possível martírio àquela criaturinha amada...

E dizia para consigo: "não há nada mais triste do que vermos um querido sonho de amor ensombrado por fantasmas que ameaçam desfazê-lo para sempre, como brumas ao vento... E se a matarem?". Essa ideia assustava-o.

Do outro lado, Sinhá-Moça também se preocupava com Rodolfo. Que lhe poderia suceder? Era arrojado... Não temeria consequências e tudo faria para defender a família...

A inquietação angustiava a todos os lares.

De momento a momento, ouviam-se tiros, e só nas orações certas pessoas encontravam tranquilidade.

Rodolfo, não podendo suportar mais a inquietação que o martirizava, propôs ao delegado ir também combater os escravos rebeldes que ameaçavam a vida dos fazendeiros. Era preciso não perder tempo.

Embora desgostoso com a sugestão, a autoridade, que era comodista e afeminada, resolveu aquiescer ao pedido, sugerindo que, nesse caso, os outros fazendeiros se pusessem também a caminho.

Nesse ínterim, as patrulhas estavam agindo. Descargas se ouviam por toda parte. Em relação, todavia, ao grande número de escravos rebelados, eram poucas as patrulhas para conseguirem prender os que se achavam escondidos, atacando de emboscada, assaltando...

O tiroteio amiudou-se. Intrépidos, os negros se atiravam contra os capitães do mato, de faca em punho, rasgando-lhes o ventre numa alegria feroz. Por todos os lados, soldados caíam feridos. Sem pena, os escravos, cada vez mais enfurecidos, como selvagens, animados pelo êxito da insurreição, prosseguiam na sua vingança sem esquecerem, no entanto, o principal objetivo de suas façanhas: os fazendeiros tiranos.

Bastião continuava a pedir piedade pelo pai de Sinhá-Moça, que se aproximava com escolta. Justino ria enfurecido, ria como demente, enchendo a mata com suas risadas.

Sem atender às súplicas do moleque, dizia:

– É ele, sim... Tá chegando cum seus companheiros...

E, como felino, num salto ágil, sem ouvir mais nada, atirou-se sobre o Coronel Ferreira, arrebatando-o do cavalo e rolando com ele no chão. O fazendeiro, colhido de surpresa, ainda quis apertar o gatilho da garrucha que empunhava, mas o escravo, mais hábil, mais esperto, arrancou-a de suas mãos, arremessando-a para longe e cravando-lhe nas entranhas o punhal.

Deixando-o desfalecido, Justino embrenhou-se no mato, desaparecendo.

Desorientados pela rapidez com que tudo se passara, os componentes da escolta, embora continuassem a atirar, nada conseguiram.

Indignado diante desse assassínio, Rodolfo resolveu sozinho prender o escravo. Não obstante os avisos dos amigos, fustigou o animal e entrou no mato.

Examinando o ferido, o Dr. Fontes, apesar de não ser médico, verificou ser gravíssimo seu estado. Teve a impressão de que o cérebro estava contundido, tal a violência com que o negro havia batido com a coronha da garrucha.

Achava melhor levarem-no, o quanto antes, para a cidade. Atendendo com muito sacrifício os companheiros, colocaram o fazendeiro no lombo do cavalo e levaram-no a toda pressa.

Rodolfo, sem medir consequências, pensava apenas na sua amada, receoso de que os escravos, num estado de exaltação, a quisessem punir pelas faltas do pai. E saiu, não com o espírito de vingança, mas querendo aconselhar os cativos, para que eles não prosseguissem no intento.

Eis que alguns escravos seguiram-no e o assaltaram. Uma luta corpo a corpo se travou. Conseguiram subjugá-lo, afinal, amarrando-o, em seguida, à cauda do cavalo.

Depois, fustigando o animal para que se tornasse enraivecido, fizeram-no disparar pelos caminhos afora, puxando o corpo do rapaz, que ia como um joguete, batendo nas pedras, nas raízes das árvores.

Bamboleando os corpos, numa dança macabra de vitória, os rebeldes, cheios de espírito de vingança, porque assim os tinham preparado os brancos, riam malucamente, assistindo ao martírio de mais uma vítima.

O tiroteio continuava de uma parte e de outra. Novo dia surgira. O sol, muito claro, aluminando o matagal, facilitando a captura dos amotinados.

Viam-se mortos e feridos. E os poucos soldados que restavam da escolta apenas conseguiram prender alguns escravos... A maior parte permanecia escondida.

Na fazenda Araruna, ninguém conseguia repousar.

Virgínia passara a noite friccionando os pulsos de D. Cândida, que ficara por muitas horas desfalecida.

Sinhá-Moça, angustiada, pensava no destino do pai... E, por que não dizer?, no homem que despertara seu coração para a vida!

Onde estariam àquelas horas? Ter-lhes-ia acontecido alguma coisa?

De repente, movida por uma força estranha, correu à janela. Parecia-lhe ter ouvido algo de anormal. Mas... se estivesse enganada? Deveria realmente estar nervosa.

Seus olhos atentos, no entanto, viram qualquer coisa de estranho na entrada do terreiro. Apesar do nevoeiro, que era intenso, avistara um cavalo que arrastava um fardo.

Que seria? E, gritando para Virgínia:

– Deixe mamãe um instante, venha comigo! Por Deus! Terei enlouquecido?...

– Nosso Sinhô seja louvado, sinhazinha... Vassuncê tá inté ficano duente... Vá descansá um pouco pru mode miorá... Isso tudo é nervoso...

Sem dar ouvidos ao que lhe dizia Virgínia, Sinhá-Moça saiu correndo em direção à porteira e, a seus olhos atônitos, como se fora alucinação, apareceu-lhe, banhado em sangue, coberto de terra, Rodolfo.

– Virge Maria! – exclamou a mucama, que seguira Sinhá-Moça. – U que tá aconteceno?...

– Ajude-me, Virgínia! – disse Sinhá-Moça, enxugando o sangue que cobria o rosto do moço. – Vamos cortar as cordas, antes que o animal o arraste novamente...

– Vô buscá um faca pru mode i mai depressa!

– Traga também água fresca, para umedecer-lhe os lábios – disse a jovem, acariciando a cabeça do amado. – E toalha para limpar as feridas!

Sem poder esconder mais o seu amor, Sinhá-Moça revelava o sentimento que a dominava... E chorava, temendo que Rodolfo não resistisse ao sofrimento... Achava sua respiração quase imperceptível... Seu coração parecia-lhe não bater, suas mãos estavam glacialmente frias... Deus que o poupasse, que não o deixasse morrer, dizia baixinho, numa voz de prece.

– Tá tudo aqui, sinhazinha! Mas o mió – objetou tremendo a mucama – é nóis levá pra drento de casa seu dotô...

– E mamãe? – ponderou a jovem. – Levaria um susto horrível vendo-o chegar. Julgaria ser meu pai!

– Entonce, permero vô espiá se D. Cândida tá drumino. Dispois nóis levemo, não é, Sinhá-Moça?

– Mas vá depressa e prepare a cama do meu quarto para ele. Ficarei com mamãe até Rodolfo restabelecer-se.

– Sim, sinhazinha – respondeu Virgínia, triste por ver o sofrimento da sua menina querida e certa de que Rodolfo não resistiria aos sofrimentos.

CAPÍTULO VI

Os poucos soldados que restavam da refrega estavam rotos, machucados e voltaram para a cidade, levando consigo os insurretos que conseguiram aprisionar.

As autoridades os aguardavam ansiosas, para interrogá-los.

No hospital, o Coronel Ferreira, que se achava em estado de choque, era tratado com desvelo e com pena. Era uma vítima, incontestavelmente, da sua própria tirania.

Os outros fazendeiros, feridos uns, outros cansados da luta, recebiam o conforto moral de suas famílias.

Em casa do Dr. Fontes havia grandes preocupações. A mulher e o filho mais moço, Ricardo, não tinham sossego com a demora de Rodolfo. Só ele não regressara, nem dava notícias. Que teria acontecido?

Com a voz embargada pela emoção, o Dr. Fontes dizia:

– Ele afastou-se de nós, quando foi atacado o Coronel Ferreira... Pedimos que ficasse, mas, sem dar ouvidos, embrenhou-se no mato à procura do criminoso...

– Que horror!

– Não creio, no entanto, que os escravos lhe tenham feito algum mal – acrescentou a Senhora Fontes. – Ele defende com tanto ardor a causa da abolição!

– Mas... – retorquiu ainda Ricardo – muita vez pagam os justos pelos pecadores... Num combate, às vezes...

– Ora, Ricardo, não percebe que insiste em assustar sua mãe? – perguntou o Dr. Fontes, tentando esconder um pressentimento cruel que lhe ia na alma.

– Não se preocupe, meu velho – ponderou a senhora. – São receios naturais os de Ricardo. Confio, porém, no caráter leal dos cativos.

– Prouvera a Deus que me enganasse, tanto mais que eles não ignoram ser Rodolfo partidário da alforria – disse novamente Ricardo, num longo suspiro...

– Desconfio é dos capitães do mato... Figuras nojentas, asquerosas, sem alma... São capazes de tudo! Ele são os capangas dos senhores sem entranhas! Os responsáveis diretos pela revolta. Vivem assediando os fazendeiros para, por alguns minguados vinténs, perseguir os escravos! Os pobres são tratados como "coisas", como diz Rodolfo, sem se cogitar dos seus sentimentos, das suas aspirações. É natural que se revoltem.

– Tem razão, minha mulher – dizia o Dr. Fontes, cada vez mais angustiado com a ausência do filho, ele que assistira ao que haviam feito com o fazendeiro e que procurava pretexto para sair à procura de Rodolfo.

– Seu pensamento está longe, Fontes – objetou a esposa. – Percebo o seu desespero... Vá...

– Realmente, querida, preferia saber o que há, por que demora tanto nosso filho – e, beijando a mulher, saiu.

Encontrou a cidade em pânico. Gente por todos os lados e, a respeito do que estava acontecendo, as mais desencontradas opiniões...

Na polícia, o delegado dava ordens enérgicas. E nas prisões os escravos que já haviam chegado eram surrados sem pena.

Uns enlouqueciam desesperados, outros ruminavam maiores vinganças.

Embora a contragosto, o Dr. Fontes foi procurar o delegado, para pedir-lhe informações sobre o paradeiro do filho. Não suportava aquele homem, julgando-o mordaz e astuto. Ao vê-lo perguntou-lhe:

– Soube alguma coisa sobre Rodolfo?

A autoridade tomou ares superiores para responder-lhe:

– Talvez esses patifes presos lá embaixo lhe possam informar.

Chamou uma sentinela e deu-lhe ordem para que acompanhasse o Dr. Fontes às enxovias.

– Obrigado. Não creio que os presos me possam dar alguma informação sobre meu filho. E, a propósito, o senhor já destacou outras escoltas para patrulharem os caminhos?

– Acho ociosa a sua pergunta – resmungou a autoridade que, sentindo no íntimo a superioridade do Dr. Fontes sobre si, nutria por ele uma certa aversão.

– Nunca é demais lembrarmos uma boa providência – ponderou o advogado, seguindo a sentinela, sem esperar que o delegado lhe respondesse.

Ao aproximar-se dos cárceres, Dr. Fontes sentiu uma invencível repulsa ante as cenas que se lhe depararam. Enfurecidos, como animais espezinhados, alguns escravos se atiravam de encontro às grades, completamente desvairados.

Outros choravam pelos cantos, como crianças indefesas, completamente acovardados.

Reconhecendo o Dr. Fontes, Bastião, que estava algemado e machucado, chamou-o num lamento:

– Tem dó du negro, seu dotô! Eu... num fui curpado...

– De quê? – indagou curioso o advogado.

– Juro, meu sinhô!

Não podendo conter a ansiedade, insistiu Dr. Fontes:

– Fale, Bastião! Não aumente o meu suplício!

– Mas... sô inocente, pru Deus Nosso Sinhô!

– Quem te culpou de alguma coisa?

– Seu dotô delegado disse que fui eu... pruque fico calado quano dão chicotada...

– Cada vez entendo menos, Bastião!

– Perfiro morrê mai num traio meu companheiro... Era Fulgêncio qui mandava no esprito dele...

– Juro que não lhe farei mal, mas preciso saber tudo que há! – exclamou o Dr. Fontes.

– Seu dotô, vassuncê tem razão, mas num é pru causa de mim... pra que vale a vida do cativo? Nasce só pra sofrê...

Exasperando-se com a conversa do escravo, o soldado, para agradar ao Dr. Fontes, bateu-lhe com a chibata no rosto.

Combalido por tantos maus-tratos, açoitado tão brutamente, Bastião caiu desfalecido.

– Poltrão! – gritou o advogado, olhando com desprezo a sentinela. – Por atos dessa natureza é que se sucedem as terríveis vinganças! Se ele não estivesse preso, você lhe teria batido?

Justino, que estava num canto e fora o causador daquela cena com Bastião, pois fora ele quem amarrara Rodolfo à cauda do cavalo, exclamou:

– Meu sinhô! Fui eu... o matadô di seu fio... Tô mereceno a forca... Num creditei nunca na justiça dus brancos... Pensei qui tudo fosse iguá... Dentru du meu coração só escuitava meu pobre irmão louco, gritano pra seu coroner num comê suas carne, num bebê seu sangue... Juro, seu dotô!

O sofrimento deixou louco Fulgêncio i só descansava quano tinha certeza di que ele seria vingado!

Dr. Fontes, diante daquela revelação, ficou como petrificado, cego de dor. Ouvia o negro sem conseguir compreender nada... depois, como voltando de um pesadelo, recobrou o sangue-frio, interrogou o escravo:

– Tu o mataste! – exclamou ele. – Assassinaste meu filho, aquele que trabalhava para libertar os cativos? Não é crível, deves também ter enlouquecido!

Ante aquele desabafo, o escravo dobrou-se como junco... Dentro do arcabouço de bronze existia um coração humano. Justino sentia o que fizera num momento de desvario e queria remediar, se possível, dando a vida para salvar a existência de Rodolfo.

Acabrunhado, sem poder mais ouvi-lo, o Dr. Fontes dirigiu-se à sala do delegado, pedindo-lhe de antemão que não tomasse nenhuma providência antes da sua volta. Preferia, antes do mais, ir procurar o filho onde e como estivesse.

– O senhor ainda quer ter contemplações! Quando digo que essa raça é inferior... – ponderou o delegado, batendo nos ombros do advogado, com ares consoladores.

– Não é a raça – afirmou o Dr. Fontes – que os faz assim, mas as injustiças de homens de sentimentos inferiores e que se dizem cultos e com espírito de humanidade! O momento, todavia, é impróprio para discussões, e devo partir.

Vendo-o longe, falou com seus botões a autoridade:

– Custa-me crer que ainda haja tanta boa-fé e tanta ingenuidade no mundo!

Completamente aturdido, sem saber que deliberação tomar, Dr. Fontes montou a cavalo e saiu pela estrada, perguntando aqui e ali se alguém sabia algo sobre Rodolfo. As respostas eram sempre negativas, servindo apenas para fazer os admiradores do jovem advogado desaparecido engrossarem as fileiras da escolta que se formava para procurá-lo.

Todos os esforços, no entanto, tornavam-se inúteis. A noite, envolta no seu véu estrelado, vinha chegando. Penalizado com o sacrifício que os companheiros faziam, em vão, pediu-lhes que voltassem. Iria até a fazenda Araruna, quem sabe se o tinham recolhido?

A contragosto, os amigos cederam, e o Dr. Fontes seguiu sozinho para lá.

Tudo lhe parecia sombrio e triste, como era triste e sombria a sua alma.

Afinal, chegou à casa-grande. Bateu. Virgínia espiou pela vidraça, um tanto receosa... Quem estaria chegando àquelas horas?

– Abra! – disse ele, vendo a mucama assustada.

Sinhá-Moça, que reconhecera a voz do Dr. Fontes, deixou Rodolfo por um instante e foi ao seu encontro.

– Fale baixo – pediu-lhe a jovem. – Não precisa assustar-se. Tudo correrá bem...

Essa afirmativa de Sinhá-Moça produziu-lhe um estremecimento, e arriscou esta pergunta:

– Como?

Sim, o Dr. Fontes não sabia se a moça se referia ao motim, ignorando os fatos mais graves, ou se aludia ao pai, ou mesmo... a Rodolfo. E insistiu na pergunta:

– Como? Explique-me, por Deus!

– Sente-se primeiro, Dr. Fontes. O senhor parece muito cansado. Já lhe falarei. – E, dirigindo-se a Virgínia: – Traga um café, sim?

Compreendendo a angústia, a preocupação que ia na mente do advogado, Sinhá-Moça começou a falar:

– Ele chegou sem sentidos... mas, felizmente, está bem melhor. Tenha fé, há de salvar-se!

– Mas quem? Ele está aqui? – indagou numa alegria quase infantil o pobre pai. – Rodolfo... então não... morreu? Oh! que alívio! – exclamou, fora de si, beijando as mãos pequeninas de Sinhá-Moça, cobrindo-as de lágrimas... – Conte-me, por Deus. Como pôde ele chegar até aqui? Quem o trouxe?

– Acalme-se, Dr. Fontes. Eu lhe contarei tudo.

– A senhora é uma santa! Bem dizia Rodolfo! Como hei de agradecer-lhe? Nunca, nunca poderia imaginar que fosse tão generoso seu coração...

– Não fique assim! É preciso reagir para levantar o ânimo de seu filho... E meu pai? Aconselhou-lhe alguma coisa?

Novamente confuso, o Dr. Fontes não sabia o que responder a Sinhá-Moça. Não queria ferir o coração que acabava de alegrá-lo.

E começou:

– O Coronel Ferreira... na verdade, sofreu um pequeno acidente... mas está bem medicado e internado no hospital. Frei José está à sua cabeceira. Não fique nervosa, minha filha!

Sinhá-Moça apoiou-se a um móvel. Empalideceu. Foi preciso que o Dr. Fontes a pegasse pelas mãos e a levasse docemente para o alpendre, onde o ar fresco lhe restituiu em parte a calma.

Capítulo VII

No quarto de cortina de musselina branca, no leito macio de Sinhá-Moça, cercado de travesseiros, Rodolfo estava desacordado.

Dr. Fontes, seguindo a moça, chegou-se pé ante pé, receoso de acordá-lo. Tomou-lhe carinhosamente o pulso e se alarmou. De sobrecenho carregado, demonstrando viva preocupação, disse à jovem:

– Volto à cidade, imediatamente.

– Por que não espera o amanhecer, Dr. Fontes?... Vai atravessar a noite viajando? Chegou tão cansado! Depois, se é por causa de médico, já mandei chamar na cidade... E agora, se ele chegar? Seria preferível o senhor ouvi-lo.

– Rodolfo não poderia estar mais bem entregue, Sinhá-Moça. Tornarei, todavia, o mais depressa possível, trazendo o facultativo de nossa família. O médico, minha querida, não basta mostrar grandes conhecimentos científicos; necessita, em primeiro lugar, sentir interesse afetivo pelo doente... Ser amigo, antes de tudo...

– O senhor tem razão – respondeu Sinhá-Moça. – Pode, nesse caso, ir tranquilo. Mas... – indagou ainda baixinho – não achou satisfatório o estado de seu filho?

– Não é bem isso. Para nosso sossego, o melhor é ouvirmos mais uma opinião. Depois, devo também avisar minha mulher e Ricardo. Deixei-os, como imagina, numa grande aflição.

Entregando o chapéu ao Dr. Fontes, Sinhá-Moça disse-lhe:

– Devo apenas desejar-lhe boa viagem.

– Obrigado e Deus a recompense por tanto trabalho!

– Não considere assim poder dar um pouco de conforto a seu filho.

– Está bem – insistiu, comovido e grato, o velho advogado. E partiu.

Voltando para junto do enfermo, a jovem começou a observá-lo melhor, achando-o mais abatido...

Assustou-se e começou a pedir a Deus que o salvasse...

Rodolfo, abrindo levemente os olhos e pousando-os com doçura sobre Sinhá-Moça, que continuava orando, pediu-lhe:

– Não se aflija tanto... O que se há de fazer? Um destino cruel quer se opor à minha ventura... Já nem posso... mais dizer... o que... sinto... Meu corpo quer desfalecer... e minha alma, fugir... Sinhá-Moça...

– Oh! Rodolfo, por que fala assim? Não sabe que vai ficar bom? – indagou a jovem, escondendo entre as mãos o rosto umedecido de lágrimas.

– Não está falando sério – insistiu o moço, já quase sem poder respirar.

Ouvindo as vozes, Virgínia, que estava no quarto contíguo, fazendo companhia a D. Cândida, que dormia, deixou-a pé ante pé e foi perto de Sinhá-Moça. Encontrou-a chorando.

– Pru que tá chorano, sinhazinha?... Vassuncê num vê qui Dotô Rodorfo há di ficá bom?

– Mas não me conformo em vê-lo sofrer um mal que não merece – respondeu a jovem, alisando os cabelos do doente.

— Qui si há de fazê? — insistiu a mucama, querendo de algum modo consolar Sinhá-Moça.

No céu, a Lua, como um disco vermelho, marcava sua passagem, pondo reflexos de fogo na floresta. Despedia-se enrubescida diante do clamor dos homens, para deixar que o Sol a sucedesse.

Passaram-se assim muitas horas.

Rodolfo, que se acalmara por alguns instantes, novamente começava a excitar-se. Na exaltação da febre que aumentava, chamava por Sinhá-Moça, rogando-lhe que não o deixasse morrer.

— Não é o anjo dos meus dias? Ou será isto apenas uma fantasia? Está tão longe... Por que não chega... para junto de mim? Onde estão suas mãos, que curavam minhas feridas?

Depois, acalmava-se, caindo em nova prostração.

Sinhá-Moça, naquele silêncio, tinha a impressão de ver fantasmas diáfanos em volta de si, como pressentimentos que a rodeassem.

Interrompendo-a com seu delírio, novamente suplicava-lhe Rodolfo:

— Meu amor... não me deixe morrer...

— Tranquilize-se — insistia Sinhá-Moça —, eu lhe suplico! Não fale mais, para não piorar... Procure adormecer... Rodolfo, jamais eu o deixarei...

Ouvindo tão carinhosas palavras, acalmava-se o moço. Sua respiração, todavia, continuava difícil. O suor inundava-lhe o rosto. A todo instante Sinhá-Moça enxugava-lhe as faces.

"Não poderei descansar", dizia para si Sinhá-Moça, "enquanto o médico não chegar. Terá desistido por saber que o

Dr. Fontes tem outro de sua amizade? Essa tal ética profissional, santo Deus!", pensava Sinhá-Moça. "É uma verdadeira desumanidade para com os doentes!..."

Pela manhã, D. Cândida indagou de Virgínia como havia passado Rodolfo.

– Num miorou, não. E sinhazinha, coitada... Vassuncê percisa vê como está...

Seguindo o conselho, D. Cândida encaminhou-se para o aposento da filha e se alarmou: Sinhá-Moça, enfraquecida pela vigília, estava pálida, com olheiras profundas.

Sentindo a emoção de D. Cândida, receosa de que ela magoasse Rodolfo com suas preocupações, a jovem pediu-lhe que não falasse, e assim, assustada, a mãe de Sinhá-Moça atendeu-a, indo para o alpendre entregar-se aos seus pensamentos e às suas preocupações.

Quando ouviu o ruído do trole que chegava, olhou o terreiro e reconheceu Dr. Fontes, acompanhado da esposa, do filho e do médico. Sentiu um alívio no coração. Sinhá-Moça poderia agora descansar um pouco e, pensando assim, desceu os largos degraus da casa-grande, indo ao encontro da família.

Atirando-se nos braços de D. Cândida, a esposa do Dr. Fontes só falava no filho enfermo. Queria vê-lo.

– Tenha paciência! Seu filho ficará bom. Não é desesperador o seu estado. Venha comigo.

Apoiando-se nos braços de D. Cândida, ainda mais enfraquecida com tantos abalos, a mulher de Dr. Fontes chegou até o quarto. Sinhá-Moça veio recebê-la, procurando consolá-la, ela que também tanto necessitava de conforto.

– Muito obrigada por suas palavras – disse a mãe de Rodolfo –, mas o coração das mães é assim mesmo... Não se pode conformar com o sofrimento dos filhos.

– Fiquemos um pouco por aqui – atalhou Ricardo, chamando a mãe, Sinhá-Moça e D. Cândida, enquanto o Dr. Moreira examinava Rodolfo. E, passeando de um lado para outro, sem poder esconder a inquietação que se havia apossado dele, achou que o tempo caminhava devagar.

Afinal, saiu do quarto o médico, acompanhado do Dr. Fontes, dizendo que podiam visitar o doente.

Era penoso ver a Senhora Fontes beijar o filho querido, que a olhava com ternura, sem poder falar-lhe. E ela dizia:

– Meu querido Rodolfo! Sua mãezinha está aqui! Não sofrerá mais... Ficarei ao seu lado até ficar bom! – e fitando Sinhá-Moça e D. Cândida, que se mantinham caladas: – Estou certa de que as boas amigas não se oporão a mais este incômodo que lhes vamos dar...

– Nem pense nisso. A casa é sua – responderam juntas Sinhá-Moça e D. Cândida. – Não fará cerimônias. O que desejamos é o restabelecimento de seu filho.

– São realmente encantadoras e generosas – afirmou Ricardo, que acompanhava a conversa.

Na sala, dizia o médico ao pai de Rodolfo:

– O caso é bastante grave. Prefiro não ocultar-lhe a verdade... O traumatismo sofrido, como o senhor não ignora, foi enorme... Não sei, mesmo, como pôde reagir! Para lhe falar com franqueza, a única esperança que tenho é não ter havido hemorragia interna e ele ser tão forte!

– Ah! – replicou respirando melhor o pai. – Quer dizer que ainda há esperanças? Acha que Rodolfo poderá reagir?

— É o que espero — afirmou o Dr. Moreira. — Vamos, porém, deixá-lo numa imobilidade absoluta. Ninguém o deve incomodar. Acompanharemos com muita atenção a marcha do seu estado, e qualquer anormalidade que seja observada, deverão chamar-me.

— Conto com o senhor — respondeu o pai, abraçando o médico. — Espero que Deus o ajude a salvar meu filho.

— Trabalharei para isso, meu amigo! Uma vida cheia de tanto idealismo terá de ser poupada. — E, encaminhando-se mais uma vez para o rapaz, quis examiná-lo novamente.

Depois, estendendo a mão para as senhoras e para Ricardo, partiu.

D. Cândida seguiu o médico. Aproveitando-se dessa oportunidade, o Dr. Fontes falou-lhe:

— A senhora sabe que é bem delicado o estado de Rodolfo? Infelizmente, não poderá se locomover tão cedo... Por essa razão, teremos de deixá-lo um pouco mais aqui... Quanto à minha família...

— Dr. Fontes — disse a mãe de Sinhá-Moça —, o senhor não pode estar preocupado! A casa é sua, ficarão conosco quanto tempo for preciso. O que desejamos é o restabelecimento de seu filho!

— Espero algum dia lhe poder ser útil, retribuindo a sua bondade excessiva e a de sua filha — respondeu, comovido e sensibilizado.

— Não deve mais falar nisso — interveio Sinhá-Moça, chegando. — Virgínia já preparou os quartos para ficarem.

Tranquilo, Dr. Fontes foi visitar Rodolfo. Deveria, na manhã seguinte, tornar ao povoado a fim de providenciar os medicamentos necessários para o enfermo. Queria fazer companhia ao filho.

Sabedora da sua ida à cidade, D. Cândida, um pouco constrangida, pediu-lhe que a deixasse acompanhá-lo. Não conseguiu ter sossego, pensando no marido que estava no hospital e, por certo, estranhando a sua falta.

– Sinhá-Moça fará aqui as minhas vezes – dizia ela.

– A senhora não deve pedir – disse Dr. Fontes –, deve ordenar. Terei muito prazer em ser-lhe útil. Partiremos pela manhã.

A noite toda, D. Cândida tomou as providências para que tudo na fazenda ficasse em ordem. Muito cedo já estava pronta.

Capítulo VIII

Depois de uma viagem comprida, fastidiosa, em que Dr. Fontes e D. Cândida mal podiam falar, chegaram à cidade.

D. Cândida seguiu para o hospital, Dr. Fontes, para a polícia. Queria encontrar o delegado ainda no seu posto.

Subiu os degraus do sobradão, com agilidade de um moço de vinte anos. Ao vê-lo ali, àquela hora, a autoridade mostrou-se curiosa e correu ao seu encontro, pedindo-lhe informações sobre o que acontecera a Rodolfo.

– Com grande pesar, devo informar-lhe que meu filho está passando mal. – E acrescentou: – Isso é a consequência da luta suscitada entre o negro e o branco. O desentendimento entre as duas raças trará grandes problemas para o futuro... É o que já se está delineando na América do Norte...

– Sem querer interrompê-lo – respondeu o delegado –, apesar de o senhor ter pedido que nenhuma providência fosse tomada contra os rebeldes, devo informar-lhe, embora a contragosto, que o processo já foi encaminhado aos juízes... Como deve compreender, nem todos estão dispostos a perdoar. É indispensável que sejam punidos os participantes da revolta, ao menos para exemplo, pois sem isso que seria da nossa tranquilidade?

Valendo-se do silêncio do advogado, na esperança de convencê-lo, continuou com ênfase:

– Todo brasileiro digno deste nome terá de concordar comigo. O Brasil, meu caro amigo, não está em absoluto preparado para uma brusca emancipação, como aspiram certos espíritos abolicionistas, ou melhor, fantasistas... A vida do escravo terá de, por toda a existência, resumir-se em quatro períodos: nascer, trabalhar, viver e morrer... Eis tudo o que lhe tinha a dizer.

– O momento é impróprio para falarmos nesses assuntos... Nossas opiniões divergem muito – respondeu com uma pontinha de ironia Dr. Fontes. – Vim aqui apenas reiterar meu pedido de clemência para Justino... Por que me olha assim? Parece-lhe coisa do outro mundo? Pois é irrevogável. Não desejo que seja torturado. Quanto aos demais, julgo-os irresponsáveis... Não agiram também como criminosos, mas na própria defesa, pela sua liberdade de entes humanos, dignos desse nome, senhor delegado!

– Esse assunto, infelizmente, como não ignora, não está somente na minha alçada... Será entregue às outras autoridades... Terá, portanto, seu andamento natural, e a pena, Dr. Fontes, dificilmente será reduzida.

– Ainda bem que o processo terá de passar por outras mãos! ... Confio sinceramente no espírito de justiça dos juízes!

– Espero que seja bem-sucedido, Dr. Fontes!

– Obrigado! – respondeu o advogado, saindo furioso com a concepção e com o espírito zombeteiro da autoridade. Dirigiu-se ao hospital para visitar o Coronel Ferreira.

Sabia que o seu estado não era nada lisonjeiro e estava ansioso por vê-lo. Prometera mandar notícias a Sinhá-Moça. Ao chegar à Santa Casa, encontrou desolada D. Cândida. Frei José procurava consolá-la, mas qual...

— Precisa ter paciência, minha senhora — dizia o sacerdote...

— É... — arrematou Dr. Fontes — ninguém pode conhecer os desígnios de Deus.

— Ele não é mau, reverendo! Tem suas opiniões... suas obstinações, mas no fundo é bom... — soluçava D. Cândida...

— Eu compreendo — afirmava o advogado —, são espíritos reacionários que despertam ódios e vinganças... Se encontram uns que sabem tolerar, podem encontrar outros que não perdoam, minha senhora!

— Dizia sempre — insistiu a mãe de Sinhá-Moça — que só os poetas, a poder de imaginação, podem pintar o escravo sabendo amar, perdoar...

— O Coronel Ferreira sempre esteve errado — afirmou Dr. Fontes. — Frei José que o diga. Não conversemos, todavia, sobre o assunto. É inoportuno.

— Bem — objetou o sacerdote —, D. Cândida está em boa companhia. Preciso ir até as prisões. Voltarei para passar o resto da noite com seu marido, minha senhora!

— Vá sossegado, frade. Fico inteiramente às ordens de D. Cândida.

— Não há como os bons e verdadeiros amigos — disse a senhora. — O que seria de mim neste momento? — E, lembrando-se de Rodolfo, disse: — Teve notícias de seu filho, Dr. Fontes?

— Há pouco, veio um portador da fazenda com um bilhete de minha mulher. Felizmente, melhora pouco a pouco. O médico está cheio de esperança. Sua filha tem sido incansável!

— Sinto-me feliz de ver como Sinhá-Moça é dedicada e boa, Dr. Fontes.

– E tem razões de sobra para pensar assim. Se o Coronel Ferreira a seguisse... Quanta vez procurei demovê-lo das suas atitudes para com os cativos... Fiz-lhe ver a realidade... Convidei-o a ser abolicionista, mas ele se rebelava contra as minhas ideias e contra as da... própria filha!

– E, apesar do que aconteceu, o senhor ainda continua a acreditar nas qualidades do negro?

– Ainda, D. Cândida. Mesmo depois do que aconteceu ao meu filho, injustamente...

Ao proferir essas palavras, Dr. Fontes e D. Cândida perceberam que o fazendeiro, fitando-os, fazia esforço para falar, mas era inútil. Seu estado não permitia.

– Compreendo o sacrifício do amigo! – exclamou Dr. Fontes. – Quer pedir notícias de Rodolfo. Eu sei. Também arranjou uma enfermeira tão boa! Não é verdade? – indagou o advogado, olhando maliciosamente para D. Cândida e depois para o Coronel Ferreira.

– Dr. Fontes está gracejando com respeito à nossa filha – disse a senhora, afagando o rosto macilento do marido. – Mas, por ora, não devemos conversar... Dr. Fontes virá mais vezes e haverá tempo para isso.

Esboçando um pálido sorriso de satisfação e parecendo ter compreendido a intenção do advogado, o Coronel Ferreira fechou os olhos, aparentando uma tranquilidade sem par...

Dentro d'alma, todavia, o remorso de tudo que fizera lhe queimava o coração. Não podia ter sossego. Recordava-se de Tomás surpreendido na mata iluminada pelo clarão da Lua, numa madrugada de verão... Revia os capitães do mato apontando a espingarda para o negro velho, gritando: *Rende-te ou morres!* E ele, mau, a rir-se diante da figura assustada, acovardada e submissa do escravo cortado de chicote e cego nessa façanha horrível...

Revia os outros cativos, apanhados de surpresa... sem poderem resistir, entregando as mãos às algemas... Seguindo sem reação aparente, como fantasmas governados pelo infortúnio da vida...

Nesses momentos, torcia-se na cama.

– É a febre – explicava ingenuamente D. Cândida. E chamava as enfermeiras para o socorrerem.

Numa verdadeira alucinação, como demente, ele continuava, alarmando todo o hospital. O remorso não o deixava. Na sua mente, as cenas monstruosas das crueldades que havia praticado se reproduziam sem cessar.

– Toquem o sino, acordem os negros infames! Acendam o fogo para começar o castigo! Vamos! – E olhava para as pessoas que o cercavam e que se mantinham estateladas, hirtas, diante dele. – Não me ouvem? Então? Por que essa atitude de indiferença?

– Ferreira! – implorava D. Cândida – Não pense em coisas que o podem afligir!

Com os olhos saltados, quase fora das órbitas, os lábios secos, ele prosseguia no desatino:

– Andem! Formem filas! Por que baixam os olhos? Tremem-lhe agora os peitos... hein? Canalhas sem coração... Cortem-lhes a chibata, estou ordenando! Ninguém obedece?

No horror dessa exaltação, ele sentia descer o relho sobre o corpo indefeso do cativo... E via o sangue correr...

De vez em quando o gemido de algum moribundo, num quarto vizinho, representava-lhe a recriminação sentida dos muitos escravos que ele martirizava.

O próprio aconchego da coberta macia dava-lhe impressão horrorosa de carne esfacelada e mole do negro junto de si, para esfriar-lhe mais depressa as mãos geladas de quase agonizante.

Ninguém ousava falar. O próprio Dr. Fontes, homem afeito a emoções fortes em virtude da profissão, estava também abalado.

As irmãs de caridade, enfim, todo o hospital se horrorizava.

D. Cândida, sucumbida de dor ante aquele espetáculo, rogando a Deus que se condoesse do marido, achava-o irremediavelmente perdido e, prevendo o desenlace, pedia que trouxessem Frei José.

Ao cair da tarde, apareceu o bom sacerdote, que adivinhou tudo que se passava e, para serenar o moribundo, foi logo dizendo:

– O que é isto, meu amigo? Por que fala tanto? Está querendo mostrar à humanidade que ela não deve ser escravocrata? Descanse por hoje. Procure, primeiro, restabelecer-se.

A presença de Frei José foi um alívio para o doente. Acalmou-se aos poucos e teve momentos de lucidez. Chegou mesmo a falar, a dizer-lhe:

– Este sofrimento... Frei José... veio fazer-me pensar e me arrepender... dos meus... desvarios... Como o se... nhor... sabe... eu gosto de luz! – afirmou o fazendeiro, esforçando-se para fazer o frade recordar-se dos velhos tempos da fazenda, quando o frade foi visitá-lo... e pediu: – Ilumine o meu caminho para a... eternidade... Estou aqui, penitenciando-me de tudo que fiz...

– Deus já lhe perdoou, estou certo – asseverou Frei José, penalizado.

– Não creio – tornou o coronel, novamente desvairado. – É horrível o que vejo! O delírio do escravo não podia ser pior que o meu. Faíscam ante mim os olhos de Tomás, fora das órbitas! Veja, Frei José... ele não me quer perdoar...

– Não se moleste tanto, coronel! Pense no sofrimento de sua mulher! O senhor ainda terá vida para fazer bem aos humildes, para resgatar seus antigos atos...

– Deus há de ouvi-lo – dizia D. Cândida, ajeitando o travesseiro do enfermo e suplicando ao frade que não se fosse.

– Ficarei ao seu lado. E o senhor, coronel, se aceitasse a visita de Jesus...

– Confesso-lhe, meu amigo – exclamou Dr. Fontes –, que é o melhor lenitivo para as almas inquietas.

– Dr. Fontes tem razão – disse Frei José. – Melhor que os remédios do corpo são os do espírito... Dão tranquilidade e paz interior...

– Resolva, meu velho – insistiu D. Cândida, beijando as mãos, que pareciam esfriar, do fazendeiro.

Querendo furtar-se a tão amarga cena, Dr. Fontes pretextou ter de tornar à fazenda ainda aquela madrugada e, despedindo-se de todos, saiu.

– Seria bom avisar Sinhá-Moça, Dr. Fontes – disse o frade em tom confidencial.

– Era o que justamente pensava – respondeu o advogado. – Farei o possível para trazê-la ainda em tempo...

– Oxalá que ainda o encontre com vida! – suspirou o frade.

– Prouvera Deus que sim – objetou D. Cândida, que os ouvia.

Era uma árdua tarefa, pensava Dr. Fontes. Precisava preparar o espírito da moça. Mas ele, justamente ele, que só queria dar-lhe alegrias! Que contrariedade!

D. Cândida não se conformava vendo o marido piorar cada vez mais... Ele estava sufocado, sem poder respirar, o pulso falhando, a temperatura em bruscas oscilações...

Apenas os olhos denotavam lampejos de vida... Davam a impressão de que esperava alguém...

Capítulo IX

A aurora começava a avermelhar o céu. Viajando a galope, com a ligeireza de um moço, Dr. Fontes chegou a Araruna.

Ouvindo tropel de animal, Sinhá-Moça, que estava acordada, foi ao alpendre e viu o advogado apear no terreiro.

– O senhor é madrugador! Não acreditou que eu pudesse estar tratando bem de seu filho, não?

– Bem sabe que não se trata disso – respondeu Dr. Fontes, acabrunhado.

– Peço-lhe que me desculpe. Percebo que algo de grave deve estar acontecendo...

– Que hei de responder-lhe? – perguntou o advogado. – As palavras me fogem...

– Adivinho o motivo que o entristece e que o traz aqui a estas horas... Meu pai, porém, não é verdade?

– Infelizmente, Sinhá-Moça. É por esse motivo que estou chegando... Deve preparar-se e seguir comigo. Rodolfo ficará com a mãe e Ricardo. Creio que sua presença levará melhoras ao coronel...

Sem poder falar, sem coragem de indagar da própria mãe, com o peito arfando e as lágrimas molhando-lhe o rosto, a moça chamou Virgínia, pedindo-lhe que a ajudasse nos preparativos.

– Preciso partir incontinênti – disse ela.

– Pobre de sinhazinha! Num tem mais sussego! – exclamou a mucama.

Deixando Sinhá-Moça, Dr. Fontes seguiu para o quarto da mulher. Sua chegada assustou a esposa:

– Tão cedo e assim abatido!

– Não é para menos! Se você pudesse ver o sofrimento horrível do coronel! Se todos os culpados imaginassem que o verdadeiro inferno está na consciência do próprio indivíduo e que o remorso mais cedo ou mais tarde não os perdoará!

– Estou penalizada – respondeu ela, fazendo o marido sentar-se. – Avalio o estado de D. Cândida, pobre! E Sinhá-Moça, você já lhe informou?

– Falei-lhe por alto… Não quero alarmá-la… Nem sei se ainda encontrará o pai com vida!

– Mas então é grave o estado do coronel? – indagou novamente a senhora.

– Desesperador – respondeu ele. – O Dr. Moreira constatou perfuração do intestino. Ontem à noite, adveio septicemia, e o médico não tem mais esperanças. Quando vim, deixei Frei José procurando convencê-lo a receber os sacramentos…

– Triste fim! – exclamou a Senhora Fontes. – Preciso ocultar isso de Rodolfo. Vai ser difícil! Ele sentirá a falta de Sinhá-Moça e desconfiará… Parece que nosso filho está apaixonado…

– As mulheres – exclamou Dr. Fontes, tocando carinhosamente com as mãos nos olhos da mulher – estão sempre imaginando coisas!

E, dirigindo-se para a cama do filho, que dormia tranquilamente:

– Acho-o bem melhor...

– Com licença! – disse Sinhá-Moça, batendo de leve na porta do aposento.

– Como não, minha filha! – atendeu a mãe de Rodolfo, indo ao encontro de Sinhá-Moça, sem saber o que dizer.

– Já... estou pronta para seguir, Dr. Fontes. A senhora, fique à vontade. Disponha de tudo como bem lhe aprouver.

– Obrigada. Deus a acompanhe e dê melhoras a seu pai. Recomende-me a D. Cândida e a Frei José.

– Sim... Fico-lhe muito agradecida – redarguiu Sinhá-Moça, com a voz entrecortada de soluços.

Durante o trajeto, que lhe pareceu uma eternidade, não pôde conversar. O Dr. Fontes, também abalado com tantas emoções, conservou-se calado. De quando em quando, o barulho da água da corrente, o galho seco quebrado pelas patas dos cavalos ou o pipilo de alguma ave desfaziam a monotonia da viagem.

Sinhá-Moça ia entregue a desencontrados pensamentos. Imaginava a vida do pai, que lhe parecia tão frágil. Receava pela sua alma. Não o julgava propriamente um indivíduo mau. Herdara a tirania dos senhores de escravos, era defeito do regime em que vivia. Mas, incontestavelmente, tinha sido sempre um homem de bem; deveria, portanto, ter uma consciência, e ela era o inferno que o fazia tremer, dificultando talvez a passagem dele desta existência para a eternidade.

"Sim, a consciência dos homens", pensava Sinhá-Moça. "Se eles refletissem! É ela o verdadeiro inferno! É ela que dita a tranquilidade ou a intranquilidade dos espíritos!"

Tão alheada às coisas exteriores estava Sinhá-Moça que venceu sem sentir os quilômetros que medeavam entre a fazenda e a cidade.

Sentia-se exausta. O cansaço moral era maior que o físico. Dr. Fontes, diretamente, levou-a ao hospital.

À primeira enfermeira que apareceu, Sinhá-Moça foi logo perguntando:

– Como está passando o Coronel Ferreira?

– Mais sossegado, minha filha... Frei José administrou-lhe os sacramentos. Mostra-se calmo – respondeu a freira, percebendo tratar-se de Sinhá-Moça.

– Vamos entrar – convidou Dr. Fontes, dando o braço à jovem.

– Por aqui – ensinou a irmã de caridade, acompanhando-os.

Como autômato, ela os seguiu. Ao vê-la, D. Cândida atirou-se em seus braços, exclamando:

– Quase não o via mais, minha filha!

– Não diga isto, mamãe! A senhora está nervosa. Fique um pouquinho sentada, deixe-me ir visitá-lo e pedir-lhe a bênção.

Entrou no quarto.

– Meu pai! – disse Sinhá-Moça, aproximando-se do enfermo e beijando-o afetuosamente.

Ao ouvir aquela voz doce, tão sua conhecida, o fazendeiro abriu desmedidamente os olhos já embaciados pela agonia e os fixou na moça, fazendo esforços para falar-lhe:

– Per... doe... -me fi... lha... Você é que ti... nha razão... O escravo como ser humano... tem... sentimen... to, tem...

– Não prossiga, meu pai! Eu lhe suplico! Deus já o perdooou...

– Mas... você, Sinhá-Moça... você sofreu muito...

– Já me esqueci de tudo! – dizia a jovem, afagando o rosto do pai e fechando-lhe os olhos para adormecer o sono final.

Cessara de sofrer. Sua alma evolara-se.

— Descansou, minha mãe! – anunciou Sinhá-Moça, abraçando D. Cândida, que procurava refúgio no coração da filha.

— É verdade, D. Cândida – asseverou Dr. Fontes. – A senhora precisa ter paciência, ir repousar um pouco em companhia de Sinhá-Moça, que se fatigou demasiadamente com a viagem. Eu e Frei José prepararemos tudo.

Assentindo, afastou-se a senhora em companhia da filha.

Dr. Fontes tratou dos funerais.

No dia seguinte, saiu o enterro, com escasso acompanhamento.

Na cidade, fervilhavam opiniões as mais desencontradas possíveis. Uns pensavam ser castigo merecido o que havia acontecido e serviria de lição a muita gente de coração duro. Outros penalizavam-se, lamentando o ocorrido.

Na comarca, o juiz, entalado num dilema, não sabia como encarar a situação dos cativos. Apesar de saber das desgraças ocorridas em consequência do motim, não se sentia suficientemente informado pelo processo para proferir julgamento.

Nos corredores do foro travavam-se animados debates. O juiz aproveitava a oportunidade para lembrar estas palavras de Condorcet:

Os animais sentem apenas as chicotadas e os maus-tratos, o homem sente a injustiça e o ultraje; os animais só têm necessidades, ao homem bastam as privações para torná-lo desgraçado; o cavalo sofre apenas a dor que sente, ao homem revolta também a injustiça de quem o castiga; os animais só são desgraçados no momento presente, mas a desgraça, porém, do homem, em um instante qualquer, abraça sua vida inteira; finalmente, o senhor tem mais indisposição contra seus escravos do que contra seus cavalos, relativamente aos quais tem menos que resolver, no entanto, do que com os escravos; irritam-lhe a firmeza do porte – para ele insolência –, as razões que opõem aos seus caprichos e a própria coragem com que sofrem seus castigos e torturas. Demais, os escravos podem ser seus rivais, e naturalmente preferidos.

E ajuntava:

– A maioria dos homens limita-se a lamentar os males que vê no próximo, ou aqueles de que ouve falar, e procura aturá-los com certa indulgência... As pessoas que se lembram dos infelizes escravos para defendê-los do jugo dos tiranos que os oprimem, esses são poucos, poderia mesmo dizer muito poucos... A humanidade quer impor o domínio do egoísmo. Quer que o seu bem pessoal subjugue qualquer outro... Dentro de seu coração não há mais lugar para a generosidade, a justiça, o espírito de fraternidade. Eu, todavia, me levanto contra tanto comodismo! Contra tanta ignomínia! Asseguro que o homem que se acomoda a situações criminosas só para não atrair sobre si antipatias de maiores, ou por qualquer outro motivo inferior, não deve ter esse nome!

– Mas Vossa Excelência procura desvirtuar os fatos, permita que lhe diga – objetou o delegado, com ênfase e receoso de perder seus apologistas... – O escravo não sofre mais que um cidadão livre que, de um dia para outro, vê-se na miséria ou com suas esperanças malogradas... Se ele é honesto, aceita sem revolta as condições impostas pelo seu nascimento... Vossa Excelência não há de convencer-me de que o cativo possa, por exemplo, ter alguma esperança malograda ou misérias para torturá-lo... Não sei se se recorda da concepção do Coronel Ferreira, vítima desses facínoras, que Deus o tenha. Na vida do escravo se sucedem quatro etapas: nascer, trabalhar, viver e morrer... E eu acrescento mais uma: vingar-se.

– É isso mesmo! – exclamaram vários admiradores do delegado de polícia. – Estamos de pleno acordo!

Com ares paternais, dirigiu-se ao magistrado:

– Desejaria que Vossa Excelência julgasse o caso com isenção de ânimo, não se influenciando pelas teorias do Dr. Fontes – insistiu ele, sacudindo a gola do casaco para livrar-se das caspas. – O escravo brasileiro é consequência de um crime gerado pela instituição. Nasce cativo como nós nascemos livres. Sem saber por quê... Os abolicionistas não passam de uns visionários. São verdadeiros poetas, perturbando as ideias embrutecidas do negro!

– Considero insolência falar-me assim! – E, agastado, replicou: – A despeito de suas teorias, continuo a considerar indigno o que desejam fazer. É um ato anticristão pedir o enforcamento de Justino! Nele falava o espírito de revolta pelo que os homens brancos fizeram a Fulgêncio. Agira em legítima defesa... Procure refletir com seus adeptos no que representa para o cativo a figura hostil e desumana, por exemplo, do capitão do mato ou, para melhor me expressar, do caçador de escravos! Para esses, meus senhores, é que deveria existir a forca! Quero contar-lhes, em poucas palavras, ao que assisti na minha terra natal, em Pernambuco. Pequenino ainda, ouvia os capitães do mato gritarem para dentro do engenho de meu pai: *Tem escravos fugidos pra procurá? Pra surrá?* Eu estremecia de horror. Essas figuras grotescas, arrogantes para com os humildes e submissas ante o mais forte, cheias de crimes legalizados nos ombros, enchiam-me de pavor, de nojo, de asco. Desejaria que avaliassem com seus companheiros o crime que podem praticar exigindo o enforcamento dos insurretos ou mesmo de Justino. De hoje até o dia do júri, desejo que Deus os inspire no julgamento que serão chamados a proferir...

Capítulo X

Depois do enterro do Coronel Ferreira, a viúva e a filha regressaram à fazenda. As duas iam entregues aos mais diversos pensamentos. Sinhá-Moça, apesar de tudo, no íntimo do coração, alimentava uma esperança: o amor de Rodolfo. D. Cândida, porém, que já tinha surpreendido esse delicado sentimento da filha, dali por diante só contaria com a dedicação do pequeno Luís. Essa senhora era uma alma sensível e, embora a indiferença do esposo não lhe tivesse permitido conhecer as maiores satisfações da vida, aprendera a querê-lo como seu protetor, com amizade submissa e tranquila. Sentia agora a sua falta.

Durante o trajeto, D. Cândida perguntou:

– Que farão com o Bastião? Para mim, ele é o menos culpado de todos.

– Eu também temo pela sorte dele – respondeu Sinhá-Moça, que vivia aflita com o que pudesse acontecer aos escravos.

– Quanto aos outros, minha filha... foram tão ingratos! Ao menos por você! – suspirou a mãe, com os olhos marejados de lágrimas.

– Eram muito espezinhados, minha mãe... Quando me lembro de Fulgêncio... irmão de Justino... a sua figura é sempre assustadora para mim... As cadeias, posso assegurar-lhe, estão cheias de condenados inocentes. Os crimes hediondos praticados a todo momento contra essa pobre gente são incontáveis. E, espezinhados, os escravos se tornam ferozes!

– Sinhá-Moça! – disse D. Cândida, fitando a jovem com estranheza. – Você quer atenuar a pena daqueles que assassinaram seu pai? Não acha que merecem a forca?

– Não alimentemos no espírito a vingança, minha mãe! Façamos uma vida mais útil, mais digna de nós mesmos... Justino poderá ser punido sem que lhe seja imposta pena de morte. Quanto aos demais...

– Sempre temi esse negro! Desde que Fulgêncio enlouqueceu, comecei a achá-lo esquisito!

– Bem, minha mãe, estamos chegando – disse a moça, que vinha ela mesma guiando o trole. – Que tal sou eu como cocheiro?

– Não pode haver melhor – respondeu sorrindo D. Cândida.

Rodolfo, que fora avisado por Dr. Fontes da chegada de Sinhá-Moça, estava impaciente, no alpendre, apoiado pelo Ricardo e pela mãe. Esperava-a.

– Quanto prazer eu sinto em vê-la! – disse ele, admirando a sua coragem. – E a senhora, D. Cândida? – indagou, beijando-lhe a mão.

– Para nós é uma alegria revê-lo tão bem-disposto, quase a caminhar sozinho. Dentro em breve, pelo que vemos, Ricardo estará dispensado...

Virgínia apareceu à porta, trazendo pela mão o pequeno Luís. Estava pálido e triste como sempre. Sinhá-Moça correu para ele.

– Meu irmãozinho! Sofremos tão grande perda!

Abraçou-o, a chorar. Luís continuava abstrato. Olhava a mãe e a irmã, cheio de dor, mas como ignorante de tudo o que se passava.

– Abrace sua mãe! – aconselhou Rodolfo, aborrecido por aquela situação.

– Quar, gente... – interveio Virgínia. – Ele é assim mermo. Nunca brincou, nunca si riu. Sinhozinho só qué mermo é o Fier...

– Virgínia tem razão – aprovou D. Cândida, aproximando-se do filho. – Nunca o conseguimos alegrar.

– Ele vai gostar é de papai... – interveio Ricardo, chamando-o para si. – Meu pai tem loucura pelas crianças. Conversa com elas horas inteiras.

O rapazinho esboçou um sorriso e chegou-se a Ricardo, como para agradecer-lhe as suas palavras.

A conversa prolongava-se nesse tom. Foi preciso a Senhora Fontes intervir:

– Tudo está muito bem – disse ela –, mas ainda hoje convido todos a deixarem D. Cândida e Sinhá-Moça subirem para seus aposentos, a fim de descansarem... Viajar por essas estradas não é brincadeira.

– Mas – pediu Rodolfo – custo tanto a locomover-me... Sinhá-Moça não poderia ficar mais um pouco, para conversar comigo?

Sinhá-Moça corou. D. Cândida disse:

– Creio que sua companhia a fará esquecer os seus sofrimentos, não é, minha filha?

– Antonce vou buscá um poco di leite quentinho pra vassuncê – lembrou Virgínia, arranjando um pretexto para deixá-los sós.

– Felizardo! – exclamou Ricardo, seguindo D. Cândida e a mãe, que entraram na varanda.

Recostado na cadeira, Rodolfo olhava docemente Sinhá-Moça que, tímida, não ousava fitá-lo, receosa, quem sabe, de mostrar o sentimento novo que nascia em seu coração.

Uma aleluia de amor cirandava nas suas almas enamoradas.

Para quebrar aquele silêncio, disse o rapaz, procurando alcançar as mãos de Sinhá-Moça, que não teve forças para retirá-las:

– Ainda se lembrava de mim?

– Por que me faz essa pergunta? Já não lhe dei provas de o querer bem?

– Realmente, Sinhá-Moça, mas não me refiro a um "querer bem" comum... Não parece fugir às minhas perguntas... O momento não comporta qualquer subterfúgio... Sabe bem que a amo, e quando indaguei se se lembrava de mim foi para ter a certeza de que também pensava no nosso amor... Precisamos conversar... Não pensa assim? Desde que a vi, nasceu no meu coração um grande amor... Senti que havia entre nossas almas uma união perfeita, inquebrantável... Penso, Sinhá-Moça, que nos procurávamos através das referências que fazia Frei José a nosso respeito. E tanto é assim que, na festa de São Paulo, ao encontrá-la na igreja, senti-me tão seu... Tão ligado estava já à sua pessoa, Sinhá-Moça, que achei impossível nos separarmos mais... Por que não fala? Estas mãos escondidas entre as minhas como duas pombas trêmulas não dizem o suficiente!

– Não sei, Rodolfo... Na verdade, sempre o admirei. Hoje, quero-lhe no âmago do coração, mas isto será amor? A doçura que a sua lembrança me traz? Será mesmo, Rodolfo?

— Sinhá-Moça! Ainda duvida? — insistiu ternamente Rodolfo, procurando afagar a cabeleira solta da mulher que amava, que tinha os olhos ardentes e que deixava transparecer, em todo ser, um misto de candura e de volúpia.

— Deixe-me, Rodolfo! — pedia a moça, querendo fugir daquela situação.

— Não fique zangada, Sinhá-Moça! Deixe-me acariciá-la; quero que esta noite seja a testemunha do meu amor... Casar-nos-emos logo...

— Sim, querido...

Virgínia apareceu entre os dois.

— A nega demorou, num é verdade? Tava esperano pra trazê um leite mais fresquinho...

— Não achei — replicou Rodolfo.

— Ele perdeu a noção do tempo — observou sorrindo Sinhá-Moça.

— E o jantar, Virgínia, não será servido dentro de pouco tempo? — perguntou Rodolfo, aflito para que a mucama se fosse novamente.

— Vassuncê perfere?

— Talvez — arrematou Sinhá-Moça, aproveitando-se do pretexto para pedir à escrava que a ajudasse a levar Rodolfo para o quarto.

— Vai cansar-se, Sinhá-Moça! — disse o rapaz, apoiando-se nos braços da jovem, escondendo o aborrecimento de interromper o colóquio.

— Eu só? — exclamou Sinhá-Moça, olhando com bondade para Rodolfo. — E Virgínia, não serve para nada?

— Ainda sou forte, seu dotô! — falou a mucama, ajudando o rapaz a subir os degraus.

Durante o jantar, ninguém ousava falar. Todos respeitavam a mágoa de D. Cândida, que deixava transparecer, na fisionomia abatida, a lembrança, a saudade do coronel.

Terminada a refeição, ela levantou-se e foi deitar-se, para fazer companhia a Luís, que ficara tantos dias sem seu carinho.

Ricardo conversou um pouco com a mãe sobre os acontecimentos do dia, e Rodolfo, tendo ficado só com Sinhá-Moça, falou-lhe novamente em casamento.

Depois, a Senhora Fontes deu sinal de se recolherem. Cada um foi para seu quarto, mas Rodolfo não conseguiu conciliar o sono. Achava que não podia esperar que terminasse o luto: eram, ao seu ver, meras formalidades.

Tinha certeza, todavia, de que o pai ia opor dificuldades. O processo estava iniciado, tornar-se-ia um escândalo! E D. Cândida? Por certo, Dr. Fontes acharia um desrespeito à sua dor. Havia de querer que o rapaz guardasse as conveniências.

Muito cedo, Rodolfo já estava de pé, obrigando Ricardo a vesti-lo.

– Nem dormir se pode mais! Além de ter a sorte de ser amado pela menina mais bonita de Piratininga, ainda se acha no direito de tirar o sono a um pobre mortal! – exclamou o irmão, rindo.

– Não pude dormir – disse Rodolfo a Ricardo, seu melhor amigo e confidente. – Estou seriamente apaixonado...

– Pensava então que eu já não tinha percebido?

– Tanto melhor! Mas não é isso. Escute-me. Quero pedir Sinhá-Moça em casamento...

– Mas... quem o impede?

— Talvez não fique bem... Queria que o casamento se realizasse breve... D. Cândida poderá interpretar mal esta minha pressa, como falta de solidariedade com seu sofrimento...

— Não se aflija, rapaz! Mamãe se incumbirá de acertar tudo. Depois, como diz o ditado: o coração tem razões que a razão desconhece... Nesse caso, será melhor consultar papai.

— É o que penso fazer, Ricardo.

A voz de Virgínia veio interrompê-los:

— Vassuncê são madrugadô! Vim trazê um cafezinho!

— Sinhá-Moça também já está acordada? — perguntou Rodolfo.

— Qui pergunta! Espie, seu dotô...

— Ah! Sinhá-Moça! — exclamou o moço enamorado. — Muito bom dia! Tão cedo por aqui?

— Era tão travesso o sol que não me deixou dormir!

— Ainda bem — retorquiu a mãe de Rodolfo, que tomava café com D. Cândida num canto do alpendre. — Assim, todos nós assistiremos à chegada de meu marido. Ele não deve tardar. Vem conversar com os filhos, matar saudades...

— ... da minha encantadora mãe! — arrematou Ricardo, beijando-a na nuca.

— Tão calada... — disse D. Cândida, olhando para a filha e julgando-a doente.

— Estou apenas cansada de descansar... Dormi muito! Procuro, enquanto conversam, aspirar o cheiro desta bonita manhã. Não mereço este prazer?

— Que pergunta! — exclamou Rodolfo, acercando-se de Sinhá-Moça, trazido pelo irmão. — A natureza inteira se põe a seus pés! — E, já bem perto da moça: — E eu posso merecer um pouco também da sua atenção? Poderá dizer que me ama?

– Um dia – respondeu Sinhá-Moça, baixinho.

Uma azáfama por toda a casa. D. Cândida desejava que Dr. Fontes encontrasse tudo em ordem e preparado para o receber.

Ricardo desceu para receber o pai, Rodolfo ficou novamente a sós com Sinhá-Moça.

– Hoje, querida – disse ele –, terá de dizer que me ama. Não posso mais ficar nesta indecisão. – E, roçando seus lábios ardentes nas mãos de Sinhá-Moça, implorava-lhe que falasse: – Repare um pouco – insistia – a distância que nos separa. Vê? Não comporta mais uma recusa! Por Deus, Sinhá-Moça, lhe peço. Diga que me ama. Não queira prolongar a minha agonia... Pense, se eu morresse seria mais feliz?

– Nunca imagine tolices, ouviu? – respondeu a moça, sentindo um estremecimento de prazer. – Não costumo brincar com o meu coração. Deixe-me, porém. Tem muito tempo – afirmava Sinhá-Moça sem querer, deixando-se levar pela embriaguez da paixão que também a contagiava.

– Amamo-nos, querida! Eu leio na sua fisionomia que não sabe mentir. Desejava apenas seu assentimento franco, para pedi-la à sua mãe. Que importam preconceitos sociais? Casar-nos-emos sob a bênção de Frei José, na capelinha da fazenda. Depois, pediremos aos amigos, como presente de núpcias, a revogação do castigo de todos os escravos, inclusive de Justino.

– Como você é bom, Rodolfo! Sua generosidade para com os cativos me sensibiliza – asseverou Sinhá-Moça, chegando-se mais para junto de Rodolfo, acariciando-lhe as mãos. Depois, falando para si, abstraindo a presença do noivo: "Será como imaginava Virgínia? Eu vestida de rendas brancas. Com flores de laranjeira enfeitando-me a cabeça... Papai não querendo mal aos escravos... E eles, felizes, perdoando meu pai, na eternidade... E abençoando a nossa felicidade..."

– Parece tão longe! – exclamou Rodolfo, cingindo Sinhá-Moça amorosamente, sem poder mais conter-se.

– As suas palavras – disse ela – vieram rememorar uma profecia de Virgínia...

– Favorável a mim? – apressou-se Rodolfo a perguntar.

– Inteiramente.

– É indiscrição pedir-lhe que me conte?

– Devo dizer-lhe que não posso, infelizmente, satisfazer sua curiosidade.

– Castigando-me, hein? – disse o moço, brincando com os aneizinhos dourados dos cabelos da amada.

– Sans Cristo! Seu Dotô Fonte tá chegano. O armoço tá na mesa. E vassuncê ainda tão aí...

– Obrigada, Virgínia, vamos num segundo. – E contente como colegial em férias, dando o braço a Rodolfo, que se esforçava por andar melhor, dispensando quase o auxílio da namorada, entraram na sala.

– Ora viva! Você nem parece ter estado doente, meu filho!

– Também, com a enfermeira que lhe arranjou! – disse Ricardo.

– Realmente – insistiu Dr. Fontes, beijando os dedos de Sinhá-Moça.

– Não canso de dizer, meu pai! Rodolfo, o mais feliz dos mortais! – acentuou Ricardo.

– Com inveja? – objetou rindo a mãe de Rodolfo, afagando os cabelos luzidios do filho mais moço.

– E não deixava de ter razão... – respondeu Rodolfo, envolvendo Sinhá-Moça num olhar acariciante.

— Enquanto conversam – disse D. Cândida, um tanto vexada pelas demonstrações de afeto dirigidas a Sinhá-Moça – vou ver os meus assados... Virgínia, com certeza, esqueceu-se deles.

— Num é perciso, nhanhã. Vassuncê num oiou pra cima do etagere? Us franguinhos tão lá em cima, coradinhos, pronto pra sirvi dipois da salada...

— Ah! Meus Deus! Lá estão eles, mesmo! Eu estava tão distraída!

Depois, dirigindo-se aos presentes:

— Vamo-nos sentar à mesa?

E deu o exemplo. Rodolfo, durante a refeição, fazia sinais à mãe para que abordasse o assunto. Queria aproveitar aquele momento em que todos estavam reunidos para pedir a mão de Sinhá-Moça. A Senhora Fontes, porém, fazia-se de desentendida. Isso inquietava-o, a tal ponto que ele, a certa altura, não esperou mais e se dirigiu a D. Cândida:

— A senhora não desconhece a afeição que me liga à sua filha. Pois bem, aproveito esta ocasião para pedi-la em casamento. Sei que a sua dor é recente, mas os meus intuitos são tão sinceros e elevados que chego a sobrepô-los a tudo. Tenho a certeza de que seremos felizes. Estou convicto de que a contagiaremos com a nossa ventura, fazendo esquecer, em parte, o seu sofrimento.

Colhido de surpresa, ouvindo as palavras do filho, o Dr. Fontes ficou perplexo. Notando a admiração do pai, Rodolfo acrescentou:

— Meu pai está vexado por ver-me pedir a mão de Sinhá-Moça neste momento? Não vejo razões para isso. Apenas por questão de formalidades: não é de seu gosto a nossa união? Não tem certeza de que seremos felizes?

– Não julgaria de outro modo, Rodolfo, e estou convencido de que sua mãe está de acordo comigo. Apenas censuro o seu modo brusco, a inconveniência da hora... Eis tudo o que precisava dizer-lhe.

D. Cândida, de olhos baixos, tentava dobrar o guardanapo, dissimulando o constrangimento. Seria a premência de ter de resolver um caso tão delicado, ela que nunca soubera deliberar sozinha sobre qualquer assunto?

Luís, que observava atentamente a conversa, com surpresa para todos, saindo-se dos seus cuidados, exclamou:

– Diga logo que sim, mamãe! Gosto tanto de Rodolfo, do pai e de Ricardo. Quando estou perto deles me sinto um homem. Eles dão atenção à minha pessoa. Quero-os muito e sei que Rodolfo fará Sinhá-Moça feliz.

D. Cândida, vencida pela insistência e a loquacidade do filho, pediu um prazo para resolver.

Capítulo XI

O sol poente, coando a sua luz acobreada através das nuvens, avermelha o casario branco da fazenda e a verdura dos campos e das matas.

Os passarinhos passam em bandos gritadores, rumo aos seus pousos preferidos. E os bois, mugindo, seguem para os currais.

Nessas tardes de inverno, o crepúsculo breve, a noite chega depressa e inunda de melancolia os corações. As ave-marias são tristes, ensombram as almas de saudades.

A voz dos sinos enche de mágoa a velha Virgínia que, sentindo os olhos úmidos, recorda a pátria selvagem que ela mal conheceu.

De mãos postas, contrita, olhando o céu, canta baixinho, numa língua que só os pretos conhecem, a cantiga que evoca a África de seus pais e que ela, pobre, jamais verá...

Lembra o deserto queimado pelo sol, as florestas escuras, os rios largos onde os jacarés dormem nos barrancos, os caminhos de areia branca e, nas compridas noites africanas, o clarão das fogueiras e o tam-tam infindável dos instrumentos rituais.

E, de pensamento em pensamento, chega ao drama dos seus companheiros de infortúnio. Eles estão nas enxovias da cidade. Expiam um crime que foram levados a praticar pela força do desespero.

E, na sua tristeza, parece ouvi-los dizer:

– Ó, terra querida! Por que não tens pena de nós, que somos os mais infelizes de teus filhos! Nós, que regamos com nosso suor e nosso sangue o teu seio, para que ele se abra em todas as riquezas, precisamos descansar. Dá-nos a morte. Queremos esconder-nos no teu solo, que nos deve um tributo de gratidão. Precisamos fugir à sanha do homem branco. Estamos cansados de sofrer...

Mas a mucama apenas sentia, no fundo do coração, essas palavras. Ela não poderia dizê-las, porque era uma pobrezinha de Deus. E, por não podê-las dizer, limitou-se a chorar. Sinhá-Moça, que sentira falta dela, foi procurá-la e encontrou-a assim. Falou-lhe com voz carinhosa:

– Que é isso, Virgínia? Você pensa que eu não lhe quero mais, que estou de mal com você? Não seja bobinha...

– Quar! Vassuncê tá longe de maginá o que sua nega tá lembrano... Num é nada cum vosmiceis...

– Nesse caso, fico mais tranquila. Mas por que tanta tristeza? Alguém a ofendeu? Agora que o seu sonho vai ser uma realidade...

E passou a mão carinhosamente pela cabeça da escrava.

– Ah, sinhazinha! O sonho tá custano pra ficá compréto! Vassuncê já se lembrou do sofrimento dos meus parcero na cidade? Ih... Seu dotô delegado é home que não tem coração! Ele só sabi perdoá us rico...

– Eles serão perdoados... – respondeu Sinhá-Moça, com os olhos úmidos de emoção. – Você não sabe que o Dr. Fontes está trabalhando junto à bondade do juiz? Foi Rodolfo quem me contou isso. Contou-me também que eles voltarão forros para as fazendas. A senzala, o eito, dentro de pouco serão uma infeliz lembrança do passado.

Os olhos tristes de Virgínia recobraram nova luz. Seus lábios tremeram, tentando balbuciar alguma coisa; suas mãos calosas procuraram as de Sinhá-Moça para cobri-las de beijos.

– Sinhazinha – afirmava Virgínia –, eu não enganei a vassuncê... Eu sempre repetia: Sinhá-Moça é o anjo bom de nóis tudo! Só mesmo vassuncê podia arranjá a alforria dos escravos...

– Não, Virgínia. É a Justiça. Ela está atenta e vela pelos que sofrem.

Mas a mucama sacudiu a cabeça, incrédula:

– A Justiça! Ché! Tô véia ansim e ela nunca me pareceu...

Dando pela falta da filha, D. Cândida convidou a mãe de Rodolfo a descer ao terreiro. Esperava encontrar Sinhá-Moça. Devia estar, como sempre, a namorar a natureza. Desde pequena, tinha o hábito de admirar, sozinha, a beleza das manhãs e das tardes. Aceitando o convite, a Senhora Fontes deixou o marido, que se entretinha com o estudo de alguns documentos, e seguiu, com prazer, a dona da casa.

Ao avistar Sinhá-Moça a conversar com a escrava, D. Cândida foi-lhe dizendo:

– Sempre a mesma criança, hein? Não deixou ainda de gostar das histórias da sua mãe preta...

Sinhá-Moça sorriu e respondeu:

– Vim dar uma boa notícia a Virgínia. Mas ela tem sofrido tanto que já não acredita em boas notícias...

– Num é isso, sinhazinha. É que...

A mucama não pôde concluir a frase. Sinhá-Moça, vendo que Rodolfo se aproximava, foi ao seu encontro.

– Diga você, Rodolfo, para que Virgínia acredite!

– Estou às suas ordens – começou o rapaz, intrigado com a agitação da noiva, procurando dar novo caminho à conversa. – Mas... querida! Por que fica no terreiro, à boca da noite? Não vê que está fazendo frio, que já está serenando? Vá ao menos botar um agasalho...

– Não estou preocupada comigo, Rodolfo. No momento estou preocupada é com o sofrimento de Virgínia, que lamenta a sorte de seus infelizes parceiros.

– Pois eu – respondeu o rapaz, chegando-se mais para Sinhá-Moça – vim para junto de você, aquecê-la com o meu coração...

– Não brinque – atalhou a jovem, fingindo-se amuada.

– Ora, você é o sol de minha vida...

– Lisonjeiro. Falemos sobre o que mais interessa. Quero que assegure a Virgínia que os rebeldes foram absolvidos. Eu estava contando a ela que seu pai nos trouxe hoje essa notícia, que nos encheu de alegria.

– Quar... Isso é bondade de sinhazinha. Ela tem bom coração e pensa que todo o mundo é assim. Mas os outros... Credo Deus Padre!

– Você, Virgínia, não acredita nas palavras de Sinhá-Moça? – perguntou Rodolfo, fitando a preta.

– Ô seu dotô... Acho que Sinhá-Moça o qui qué é me consolá...

– Pois não pense mais assim. Justiça começa a ser feita. Todos os seres humanos têm direitos iguais. Livres os negros, nossa terra florescerá. Mas isso é uma coisa que você custará a entender... No entanto, todo mundo sabe que a tirania do senhor é que leva o escravo ao desespero e ao crime...

— É, seu dotô... Quando Sinhá-Moça me encontrô chorano no terreiro, eu tava pensano isso mermo. Vassuncê tá falano verdade, mais num é tudo mundo que refrete ansim...

— A conversa está muito animada por aqui... – comentou o Dr. Fontes, descendo os quatro degraus de pedra que comunicavam o alpendre com o terreiro.

Ele acabara de ler os documentos que lhe haviam sido confiados. Depois, procurara ouvir até o fim uma história comprida que Luís lhe contara sobre as maravilhas de seu cachorro Fiel. Acabara por vir conversar com as demais pessoas da casa.

— Que é que vocês estão discutindo? Aposto em como Rodolfo veio para aqui a fim de exercitar os seus dons oratórios...

Rodolfo abraçou-o, dizendo:

— Embora haja um pouco de exagero nas suas palavras, o senhor meu pai não deixa de ter razão. Eu e Sinhá-Moça estávamos procurando convencer a Virgínia da possibilidade de serem libertos os escravos e, também, de serem perdoados os insurretos...

— É, pelo menos, o que nós desejamos. Confiamos em Deus. Ele, que é a própria Justiça, na sua expressão mais pura, não poderá consentir que os grandes continuem a esmagar criminosamente os pequenos. Neste momento, lia uma decisão do juiz, que é um homem íntegro.

Dizendo isso, viu que Luís estava diante dele, de olhos arregalados, a fitá-lo, a admirá-lo. Chamou-o ternamente para si. O menino se pôs a rir, para disfarçar a comoção.

Sinhá-Moça dirigiu-se a D. Cândida:

— A senhora ainda não percebeu que já são sete horas? Lembre-se de que Rodolfo tem ordem do médico para deitar-se cedo. E ainda não se fez nenhuma referência ao jantar... Virgínia! Vá pôr a mesa, que o jantar, segundo parece, será muito bem-recebido...

Rodolfo achou motivo para rir:

– Estão vendo como Sinhá-Moça é autoritária? Imagino o que me espera no futuro...

– Pois deve ir cortando as suas asinhas... É no começo que a gente deve procurar entender-se... – observou Ricardo.

– Pelo que vejo, não precisarei mais ter cuidados com meu filho... – acrescentou a Senhora Fontes, no mesmo tom chocarreiro da conversa.

– Isso, porém, só se refere a Rodolfo. Quanto a mim, tenho necessidade de continuar a ser alvo de suas atenções... Não é, mamãe? – gracejou Ricardo.

– Que diz a senhora, D. Cândida? – perguntou Rodolfo.

– Eu, por mim, acho que todos têm razão...

O Dr. Fontes soprou alguma coisa no ouvido de Luís. O menino repetiu vexado as palavras do seu espírito santo de orelhas:

– Papai e a senhora quando casaram não eram também assim?

Todos riram. Sinhá-Moça ficou aborrecida com aquilo.

– Não insista, Luís. Você não sabe o que está dizendo...

Mas pensou lá consigo: sim, o Coronel Ferreira e D. Cândida, com certeza, eram exatamente assim... Depois, voltando-se para o pai de Rodolfo:

– Dr. Fontes, o senhor acata muito as sugestões de sua senhora?

– Por certo, menina. Se assim não fosse, onde estaria a felicidade? Os direitos são recíprocos...

— Eu sempre imaginei isso... – suspirou D. Cândida.

E, para tirá-la das melancólicas lembranças, Rodolfo falou-lhe:

— Seria indiscrição perguntar-lhe se eu poderia valer-me desta hora, sob a bênção das estrelas que começam a aparecer no céu, para pedir-lhe a resposta que prometeu? A senhora não gostaria de considerar-me de hoje em diante como seu filho?

— Rodolfo, eu já o tinha no meu coração. Estou certa de que o senhor fará a felicidade de minha filha. Se morresse agora, iria tranquila, entregando-a ao senhor...

— Também eu quero ter essa alegria! – exclamou o velho advogado, seguido por Luís e Ricardo, que se puseram a abraçar malucamente os noivos.

— Querida! Já posso dizer "querida" em voz alta! Não é verdade, Sinhá-Moça?

Virgínia chegou para avisar que o jantar estava na mesa. Vendo aquela cena, pôs-se a chorar e a rir de contentamento. Dirigiu-se a Sinhá-Moça, quis dizer-lhe alguma coisa, mas não pôde, tinha um nó na garganta.

Atendendo ao noivo, Sinhá-Moça, comovida, estendeu-lhe as mãos e pousou na mãe os olhos agradecidos.

Dali foram para dentro. A noite estava fresca, as trepadeiras do alpendre pareciam dissolver-se em discretos odores.

No meio do jantar, ouviu-se lá fora um tropel de animais.

— A estas horas? Estão ouvindo? – perguntou D. Cândida, olhando aflitamente para a porta que dava para o alpendre. – Virgínia! Vá ver quem está chegando ao terreiro!

— Acalmem-se, por favor, eu mesmo vou ver quem é que está aí! – disse Dr. Fontes, que saiu em companhia de Ricardo.

Dois homens embrulhados nos seus palas estavam ao pé da escada de pedra. Ao vê-lo, um deles disse:

– É o Dr. Fontes?

– Para servi-los.

– Necessitamos falar-lhe. Trazemos uma mensagem do senhor juiz.

– Entrem. Estou às suas ordens.

Os três sentaram-se nos bancos do alpendre.

– Ricardo, vá buscar um cálice de aguardente para estes homens, que devem estar cansados.

– A mensagem é esta... – e um dos homens entregou uma carta ao Dr. Fontes.

O advogado pôs o pincenê e calmamente abriu o envelope. Nesse ínterim, voltou Ricardo, servindo a bebida aos viajantes.

– Boas notícias, papai?

– Mais ou menos. O juiz mostra-se disposto a absolver a todos os insurretos, menos Justino, que...

O Dr. Fontes interrompeu o que ia dizer, olhou para os dois homens, agradeceu-lhes o serviço que eles haviam prestado e, só depois de estudar se devia ou não dizer tudo, acrescentou:

– ... que será condenado a dez anos de prisão.

Os dois homens montaram nos seus cavalos, disseram adeus e partiram.

– Enfim, é melhor do que a forca... – comentou Ricardo.

O Dr. Fontes pensou em voz alta:

– A benignidade desta sentença explica-se, naturalmente, pela escassez de provas apresentadas pelos acusadores no que toca à autoria do crime... Quanto a Justino, contra quem havia indícios mais fortes, pois ele mesmo, no seu arrependimento, chegara a confessar a várias pessoas que o procuraram na cadeia... valeu-lhe uma punição de dez anos.

– Embora isso já seja a absolvição dos escravos, nós devemos trabalhar para que o perdão seja absoluto. E se recorrêssemos ao presidente da província? – perguntou Ricardo.

– Já pensei nisso.

– Imagino o contentamento de Sinhá-Moça quando lhe dermos a notícia! Agora, precisamos agir quanto antes para a comutação da pena de Justino!

– Você tem razão. Voltarei amanhã à cidade. Você e Rodolfo irão comigo. Trabalharemos juntos para alcançar o que desejamos.

Estranhando a demora do pai e do irmão, Rodolfo veio procurá-los no alpendre. Mas, ao vê-los em tão boa disposição, limitou-se a gracejar:

– Que estão aí tramando contra mim?... D. Cândida, mamãe e Sinhá-Moça sentem-se preocupadas. Que há de novo?

Sem falar, o Dr. Fontes entregou ao filho a mensagem que havia recebido.

Rodolfo leu-a. À medida que lia, seu rosto se iluminava.

– Belo presente de núpcias! – exclamou. – Pena é que não seja completo!

– É isso que estávamos comentando... – disse Ricardo.

– Mas será completo, com a graça de Deus – afirmou o Dr. Fontes. – A propósito: você quer ir conosco para a cidade?

– Quando?

– Amanhã, muito cedo.

– Está claro que vou. Não obstante a pena de ter de afastar-me de Sinhá-Moça, irei. Eu poderia atenuar a culpa de Justino...

– Se fosse possível conciliar a coisas... – suspirou Ricardo, com pena do irmão.

– Obrigado pela sua solidariedade – respondeu Rodolfo –, mas a minha ausência não será por muito tempo. E tão depressa ganhemos a causa, eu e Sinhá-Moça nos casaremos.

Capítulo XII

Quando Rodolfo voltou à sala de jantar, tudo estava em silêncio. Virgínia andava de um lado para outro, tirando os pratos, os talheres e a toalha. D. Cândida foi para dentro, ver se Luís já se havia acomodado e se não lhe faltava alguma coisa. A Senhora Fontes recolheu-se ao seu quarto. Sinhá-Moça ficou terminando um gobelim à luz do lampião belga que pendia do teto. Seus dedos ágeis moviam-se automaticamente...

Seu pensamento andava muito longe quando Rodolfo sorrateiramente entrou tapando-lhe os olhos e indagando:

– Tão sozinha? Trabalhando com tão pouca luz, a mortificar os lindos olhos? Não permito! Eles não foram feitos para isso, meu amor!

Sinhá-Moça fingiu não o ter visto junto de si. Continuou silenciosa, absorvida no trabalho. O rapaz insistiu:

– Está zangada? Bem sei que cometi uma descortesia afastando-me de si tanto tempo... Mas um motivo justo, justíssimo, me reteve junto de meu pai e meu irmão. Se quiser saber do que se trata, estou certo de que me perdoará.

Curiosa, Sinhá-Moça levantou para ele os olhos, numa indagação.

– Sim – continuou o noivo –, veja se adivinha!

– Mas por que motivo esse mistério? Fale logo! Sabe... Talvez eu não mereça conhecê-los...

— Não é isso! – respondeu o moço enamorado. – Minha querida, antes de tudo você precisa saber que eu lhe quero com verdadeira paixão. Não há mais segredos entre nós... Não duvide de mim, meu amor!

— Mas Rodolfo...

— Você é uma menina tolinha. Eu estava pondo à prova a sua curiosidade. Infelizmente, porém, você ficou triste e eu agora estou com remorsos.

— Fiquei preocupada por você – respondeu Sinhá-Moça. – Imaginei que alguma coisa o pudesse molestar. Meu desejo seria partilhar sempre as suas alegrias e as suas mágoas.

— Conversemos, então. Primeiro quero que leia esta carta.

Com uma pontinha de susto, Sinhá-Moça tomou o papel que Rodolfo estendia e, à medida que tomava conhecimento do teor, seus olhos se enchiam de lágrimas.

— Ó, como sou feliz no meio da minha tristeza! Meu pai, que nos últimos momentos de vida se arrependera de todo o mal que fizera aos escravos, sentir-se-ia feliz ao saber da absolvição deles. Mesmo quanto a Justino, ele compreendeu que foi seu amor por Fulgêncio que o levou a pegar em armas contra nós...

— Vamos recorrer ao Tribunal para conseguir o livramento desse escravo – respondeu Rodolfo, enxugando os olhos molhados da noiva. E, mudando de tom: – Agora, já podemos marcar nossos...

— Que é isso, Rodolfo? Mal ficamos noivos!

— Você não me deixou concluir a frase – queixou-se o rapaz, mostrando-se sentido, mas aproveitando a oportunidade para beijar Sinhá-Moça, que enrubescera com o gesto de Rodolfo.

— Quis poupá-lo. Já adivinhava o seu pensamento... — e tratou de fugir, graciosamente, desvencilhando-se dos braços do noivo.

— Afinal, não pude falar-lhe como desejava... — insistiu Rodolfo, vendo que Sinhá-Moça correra para o quarto.

Sentindo-se só, ele também resolveu ir deitar-se. Não conseguiu, no entanto, conciliar o sono. Seu coração enamorado estava inquieto. E as preocupações se sucediam no seu espírito. Como deixar naquela casa velha, naquela fazenda, Sinhá-Moça, sua mãe e Luís? E virava-se a todo instante na cama, acordando Ricardo, que vociferava:

— Francamente, Rodolfo! As pulgas do mundo inteiro devem estar nesses lençóis para picá-lo! Você não sossega um minuto!

— Preocupa-me a necessidade de partir para a cidade, deixando Sinhá-Moça neste ermo! D. Cândida há de querer um noivado muito comprido para prepará-la... E eu lá longe...

— Ora, meu irmão, amanhã você terá tempo para resolver todos os problemas. Durma, pois temos de levantar muito cedo, para viajar... — resmungou Ricardo, virando para o outro lado.

No dia seguinte, ao clarear da manhã, Rodolfo levantou-se e foi acordar a mãe, para que ela convencesse D. Cândida de que deviam casar logo, sem grandes preparativos.

— Não terei sossego sabendo-a aqui, nesta solidão... sujeita a tantas coisas... Sei lá...

— Estou de pleno acordo com você, meu filho. Serei sua advogada junto à mãe de Sinhá-Moça.

— Feliz de quem tem uma mãezinha como eu! — exclamou o rapaz, beijando-a.

D. Cândida entrou, trazendo uma xícara de café para a Senhora Fontes.

– Ah! Como os aprecio nesse doce colóquio!...

– Faço isso para que ela sempre se lembre de mim!

– Como?! – perguntou D. Cândida.

A Senhora Fontes explicou melhor:

– Eles resolveram ontem à noite e daqui a pouco partem para a cidade. Não há remédio. O processo dos escravos está caminhando satisfatoriamente, mas meu marido acha indispensável a presença de Rodolfo.

D. Cândida ficou pensativa. Aproveitando-se disso, a Senhora Fontes perguntou-lhe:

– Por que não apressarmos o casamento de nossos filhos? Você não acha? – voltou-se sorrindo para Luís, que muito curioso escutava a conversa.

Luís levou a sério a pergunta que lhe faziam e respondeu:

– É sim... Rodolfo e Sinhá-Moça são da mesma opinião...

– Indiscreto! – censurou-o Sinhá-Moça, que estava parada na porta da sala.

– Eu não o julgo indiscreto – disse Rodolfo. – Ele, por acaso, não tem o direito de dizer a verdade? Hoje mesmo, quando chegar à cidade, tratarei de nossos papéis, conversarei com Frei José.

– A senhora lhe dá essa autorização? – perguntou a Senhora Fontes a D. Cândida.

– Se é da vontade deles... que fazer?... Sei que será comentado... Faz tão pouco tempo que faleceu o Ferreira... Não devo, porém, contrariar Sinhá-Moça. O que ela quiser será feito.

Lá fora, no terreiro, Virgínia ajudava o Dr. Fontes, que madrugara, nos preparativos da viagem. Luís, grudado à sua sobrecasaca, pedia-lhe que não fosse embora. E ele, sorrindo, tranquilizava-o:

– Vou, mas logo voltarei. Deixo você, como um homem, tomando conta das mulheres, da casa. Depois, irá passar uns tempos conosco, lá na cidade. Não fique triste.

Sinhá-Moça interveio:

– Esse menino é igual a carrapicho. Encontrando quem o afague, gruda. Papai o queria muito bem, mas não lhe dava atenção... Seu único amigo era o Fiel...

– Pois agora eu e Luís somos muito amigos. Jamais nos separaremos.

A Senhora Fontes, contristada, abençoava o marido e os filhos, fazendo-lhes muitas recomendações. Sinhá-Moça, de mãos dadas com Rodolfo, eternizava as suas despedidas, com promessas e juras.

– Vamos! Vamos! – ordenou o Dr. Fontes. – Adeus, minha velha! Mande que esses pombinhos se separem. É preciso aproveitar a frescura da manhã, antes que a soalheira queime nas estradas.

Virgínia abriu a porteira; o trole partiu.

– Até a vista, Sinhá-Moça! – gritou pela última vez Rodolfo.

– Boa viagem pra vassunceis! – disse Virgínia, amparando a cabeça de sua sinhazinha, que estava para desfalecer. E perguntava-lhe: – Pra que se foram eles tudo?

– É preciso – respondeu a moça. – Eles vão fazer o possível para que seja comutada a pena de Justino.

– Pru que num falou, sinhazinha?

– É que eu desejava fazer-lhe uma surpresa no dia do casamento... Não seria mais interessante?... Pense no seu sonho, Virgínia... Ainda se lembra? Naquele dia em que Frei José mandou-me uma carta por você... e você fez uma certa profecia...

– Ora se me alembro! Agora já tô quasi feliz, vô virá passarinho que foge de gaiola... Nosso Sinhô bênçoe quem tem misericórdia dos negros...

E tão alegre ficou que foi perguntar a D. Cândida se aquilo era mesmo verdade. A sinhá velha respondeu:

– Ué! Então não havia de ser verdade? Com essas coisas não se brinca. Essa é a preocupação de todos nós. Frei José virá visitar-nos e, certamente, nos contará alguma novidade.

Sinhá-Moça, encostada na porteira, olhava os viajantes, que se perdiam numa nuvem de pó vermelho.

– Lá vão eles! Lá vão eles!

E ali ficou por algum tempo, cheia de saudades.

– Minha filha, você ainda em jejum! Venha para dentro!

Atendendo ao convite de D. Cândida, Sinhá-Moça subiu a escada de pedra do alpendre e dirigiu-se à mesa da varanda. Enquanto esperava que Virgínia a servisse, entreteve-se a fazer castelos. Era preciso dar início ao enxoval. Não seria melhor escrever para a Bahia? O Coronel Ferreira tinha amigos lá e eles poderiam auxiliá-la na compra de rendas e bordados. Nas suas lojas deviam encontrar-se muitas novidades, não só da província como também da França...

A mãe, ouvida a respeito, aconselhou-a:

– Conversaremos com Frei José. Se ele achar conveniente, nos ajudará nesse trabalho. O religioso deve ter muitos amigos na Bahia.

Na estrada poeirenta, já então batida a chapa pelo sol, o trole seguia aos pinotes. Antes de chegarem às primeiras casas, os viajantes começaram a ouvir o espocar de rojões. Era a população que se preparava para receber festivamente ao Dr. Fontes e seus filhos.

Nas ruas, os amigos fizeram parar o trole, diversas vezes, para saudá-los. Os três se sentiram comovidos. E se apressaram em chegar à sua residência, para preparar-se. Estavam cobertos de pó. Depois do banho e de envergarem traje conveniente, seguiram para o edifício do fórum, a fim de cumprimentarem o juiz e louvar-lhe a decisão em favor dos cativos.

Na sala das audiências, encontraram Frei José que, sabendo de sua visita, os fora esperar.

– Meus parabéns, Rodolfo! Como estou satisfeito em vê-lo restabelecido e pronto para trabalhar! Onde estão sua mãe e Sinhá-Moça?

– Quanto à nossa mãe – atalhou Ricardo –, à última hora resolveu ficar. Não quis deixar D. Cândida sozinha com suas preocupações. A outra pergunta será respondida pelo mano, aqui presente. E não consinta no seu silêncio, Frei José.

O Dr. Fontes acrescentou:

– Breve Frei José terá de abençoar a um par de noivos!

Ouvindo aquilo, o frade caminhou para Rodolfo:

– Dê-me um abraço, assim... Estou radiante. Sempre desejei vê-lo ao lado de Sinhá-Moça, para a vida e para a morte. Vocês, pelas suas qualidades, parecem feitos um para o outro.

– Obrigado, Frei José!

– E que nos diz sobre a absolvição dos escravos? – perguntou o Dr. Fontes ao religioso.

– Foi, incontestavelmente, um gesto admirável dos jurados, uma decisão íntegra do senhor juiz.

— Mas — insistiu o Dr. Fontes — qual é a sua opinião a respeito de Justino?

— Confesso-lhe não ser muito favorável. Esperemos, todavia, pela misericórdia de Deus.

Voltou-se para Rodolfo e ficou a admirá-lo:

— Está muito bem disposto. A convalescença prolongada não o deixou abatido! No entanto, era voz corrente que não se salvaria... Pensei muitas vezes em ir visitá-lo, mas os trabalhos eram tantos! Precisava incutir no espírito de minhas ovelhas o horror pelas contínuas crueldades praticadas contra os pobres cativos. Depois, as notícias a seu respeito tornaram-se frequentes, melhoraram de dia para dia, até que ultimamente...

— É verdade, Frei José. Não fora a dedicação de uma encantadora enfermeira... É a ela que devo estar hoje aqui, sentindo este grande prazer de conversar com o senhor...

— Não fale por metáforas, meu caro rapaz. Conte-me com detalhes o que há... — disse o frade, a rir do acanhamento de Rodolfo.

— Mas Ricardo já lhe disse e eu acabei de deixar transparecer — respondeu o moço, visivelmente atrapalhado. — O senhor não quer mesmo adivinhar, Frei José?

— Com licença... — disse o Dr. Fontes, afastando-se da roda e seguindo o cavalheiro que lhe viera convidar para entrar no salão a pedido do juiz.

Apenas foi-se o Dr. Fontes, o religioso pôs as mãos sobre os ombros de Rodolfo e encarou-o de frente:

— Diga-me com franqueza: ama sinceramente Sinhá-Moça?

— Quem poderá duvidar? — interveio Ricardo, autorizado pela simplicidade habitual de Frei José. — Eles estão noivos e desejam casar-se o mais breve possível, sem formalidades...

– Muito bem.

– E, para isso, conto com o senhor, Frei José. Vou tratar imediatamente de nossos papéis.

O religioso␣sorria ouvindo aquelas palavras.

– Agora, sim – disse ele. – Já pôs de lado a cerimônia que procurava manter diante de um velho amigo! Estou às suas ordens! – E acrescentou: – Todo mal traz consigo algum bem. Agora, diga-me, como D. Cândida recebeu a grande nova? É verdade que, para ela, tudo está sempre bem. E de fato estará muito bem casando Sinhá-Moça com Rodolfo. Isso, com segurança, a deixará tranquila e feliz.

– O senhor fala como amigo, Frei José. No entanto, sinto-me contente com a confiança que deposita em mim.

– O mano ficou muito envaidecido com suas palavras, Frei José.

– Eu não o quis lisonjear. Procuro só dizer a verdade.

– Agradeço-lhe o conceito em que me tem. E agora lhe peço desculpas por ter de partir. Sei que espera meu pai e assim o deixo à vontade.

– Ainda nos veremos. Só depois de amanhã irei à fazenda, visitar D. Cândida. Se quiser alguma coisa para sua mãe e para Sinhá-Moça…

– Obrigado, Frei José. Procurá-lo-ei.

– E eu aguardarei a visita de ambos.

O jovem advogado e o irmão saíram do edifício do fórum, desembocando na cidade pacata que àquela hora se mostrava cheia de júbilo. Pelas estreitas ruas notaram movimento desusado, pareceu-lhes que estavam em dia de festa. Notaram também na fisionomia dos transeuntes as mais desencontradas expressões. Umas lhes pareciam contentes, falando com entusiasmo da absolvição dos escravos. Outras, no entanto, manifestavam certa reserva. Eram as pessoas intransigentes, achavam que a benignidade do júri traria, fatalmente, novas e graves consequências.

Numa esquina, entre fazendeiros hostis, lobrigaram a figura do delegado. O homenzinho, em voz alta, declarou que não tinha nenhuma responsabilidade por aquele desmando da justiça. Por ele, os criminosos teriam ficado nas enxovias, ou seriam chicoteados no "tronco". E acrescentava:

– Esse juiz, o que quer é granjear simpatias de certos abolicionistas. Vem com histórias de humanidade e consegue que os jurados irrefletidos, de boa-fé, absolvam essa escória que anda por aí.

Rodolfo, ao passar por ele, disse-lhe com ar zombeteiro:

– O senhor delegado está hoje muito eloquente, hein?

O palrador engoliu em seco. Depois falou:

– É verdade, Dr. Rodolfo. Estou satisfeito por vê-lo ressuscitado.

– Agradeço o seu interesse pela minha pessoa. Se não fosse o receio de incorrer em pecado de bisbilhotice, eu lhe perguntaria: que há a respeito da absolvição daqueles a quem o senhor chama de "celerados"?

– Nem a propósito... Era esse precisamente o motivo da nossa animada conversa. Mas, confesso-lhe, não acredito que o senhor esteja alheio a uma causa que tão diretamente lhe interessa. Não foi por acaso o senhor uma das vítimas desses criminosos que, ao contrário do que manda o bom senso, serão postos em liberdade?

– Se insiste – respondeu Rodolfo –, devo dizer-lhe que não se trata, na minha opinião, de "criminosos" aqueles que lutam em defesa própria. Em segundo lugar, uma lei injusta é um delito praticado por quem a decretou. E aqueles que apoiam – nos olhos do advogado havia um desafio, talvez uma ameaça – não passam de seus cúmplices.

Ricardo botou a colher torta na discussão:

– Não é crime menor aceitar-se uma sentença injusta quando se sabe que há recursos legais para reformá-la. Portanto...

– Refere-se, Sr. Ricardo, ao nosso modo de opinar? – perguntou, vermelho de raiva, o delegado. – Vejo que não nos entendemos.

E, convidando os amigos para que o acompanhassem, afastou-se gaguejando uma escusa.

– Percebo que o senhor delegado está com pressa. Não quero retê-lo aqui por mais tempo. Asseguro-lhe, no entanto, que um dia ainda poderá arrepender-se do seu modo desumano de desempenhar o seu cargo.

– Oxalá sua profecia não se realize consigo mesmo! – respondeu-lhe o delegado, que não considerava o cativo como gente, como ser racional, mas como uma "cousa". E, falando, procurava ler na fisionomia dos que o rodeavam o efeito das suas irônicas palavras.

Rodolfo esmagou-o com um olhar de superioridade e continuou no seu caminho.

– É um homenzinho trêfego! – comentou Ricardo.

– Ainda sofrerá as consequências dos seus atos – acrescentou o irmão.

E ambos tomaram a direção do edifício da cadeia.

Quando chegaram, sentiram-se mal. O que lá se passava era de cortar o coração. Sabedores da absolvição, os cativos choravam e riam ao mesmo tempo. Uns, quase nus, cobertos de feridas que sangravam ou que vertiam pus, eram atacados por nuvens de insetos que ainda mais os mortificavam. Outros amontoavam-se pelos cantos, sozinhos ou em grupos, sem ganas de mover-se, tal o estado de fraqueza em que se encontravam.

Bastião estava ajoelhado, as mãos postas, um desvairamento de loucura nos olhos esgazeados. Repetia palavras que aprendera dos parceiros africanos. Ninguém entendia o que ele estava dizendo, mas a sua prece devia ser assim:

– Ó, Sol! Com o teu calor benéfico, vem secar meu pranto! Deus Nosso Senhor, não permitas que esta agonia se prolongue até amanhã! Alumia o coração do delegado, para que ele tenha pena de nós! Peço-Te a graça de poder arrastar-me até a fazenda de Sinhá-Moça, para entrar naqueles cafezais que plantei e misturar o sangue destas chagas às frutas que devem estar amadurecendo! E quando ela os fosse visitar, dizer-lhe que sou inocente! Peço-Te a graça da liberdade para contar à sinhazinha tudo o que se passou, para que ela não faça nunca mau juízo de mim! Então, eu poderia morrer!

E Bastião, enlouquecido, falava, falava palavras incompreensíveis...

Em outra enxovia, Justino delirava. Ele mais parecia uma pobre criança abandonada. No seu desespero, parecia dizer:

– Nunca mais serei livre. Adeus mato bravo, adeus cheiro do sol batendo no campo. Juro que não sou criminoso. Cumpri meu dever de irmão. Era Fulgêncio quem me dava ordem, pedindo justiça!

Dizendo talvez essas coisas, ele tinha ímpetos de levantar-se e correr, mas caía de novo, com os pulsos dilacerados pelas algemas, que afundavam ainda mais sempre que levantava os braços. Os ferros entravam-lhe na carne escura, roída pelos vermes.

Rodolfo e Ricardo, diante dessas cenas, ficaram fora de si. Nem perceberam a chegada dos guardas, dos carcereiros, acompanhados de autoridades e de fazendeiros que, num grupo silencioso, assistiram à soltura dos cativos.

Justino, vendo aquele movimento, fez menção de forçar o pesado portão do seu cubículo, no que foi impedido a coronhadas pelo guarda mais próximo.

Diante dessa cena brutal, os dois rapazes não puderam conter-se:

– Estúpido! Você não vê que eles são de carne e osso como nós?... Você e os seus chefes é que deviam estar no lugar deles!

O próprio Bastião, que tinha sido mandado em paz e se despedia dos seus parceiros, disse baixinho:

– É uma impiedade que fazem contra o pobre!

– Até nunca mais! – respondeu Justino caindo quase desfalecido, como uma árvore cujo tronco foi atorado pelos machados. E, rolando no chão, pôs-se a falar língua africana, talvez para dizer:

– Olha por mim, senhor Deus de todos os homens! Sou um Teu filho que paga o crime de ter nascido negro! Abranda, meu Senhor, o coração dos homens brancos!

Depois, ficou imóvel, silencioso. Talvez estivesse dormindo, talvez estivesse sonhando. E nesse sonho estaria vendo um anjo resplandecente descer do céu para dizer-lhe:

– Eu sou a Liberdade. Vim enxugar tuas lágrimas, ungir tuas feridas. Quero restituir-te a vida. Vem comigo, Justino. Dentro de pouco não haverá mais desigualdade entre as raças; virá a grande redenção...

Capítulo XIII

—Não posso! Não estou disposto a continuar nesta comarca, nesta terra que se diz civilizada... – exasperava-se o juiz, em seu gabinete, ouvindo o Dr. Fontes, Rodolfo e outros abolicionistas.

– O recurso é apelarmos para o presidente da província. Acho indispensável expormos a Sua Excelência o que aqui está se passando. Este delegado tem a alma vil de um capitão do mato!

– Se não for ainda pior! – comentou Ricardo.

– Um homem que fez estudos, que se formou e alimenta sentimentos tão baixos!

– Francamente, só mesmo enforcando-se... – pilheriou Rodolfo, lembrando-se das coisas inomináveis que vira na cadeia.

Dr. Fontes foi mais claro, mais direto:

– Vossa Excelência precisa ver como ele trata os escravos nas enxovias. Estão apodrecendo em vida, os infelizes!

Um dos visitantes ajuntou:

– Realmente. É de arrepiar os cabelos!

E o juiz:

– Graças a Deus, pelo que se vê por aí, os maus estão cedendo lugar aos bons. Basta lembrar a quantidade de escravos que se tornaram forros, nos últimos tempos. Agora, se me dão licença...

A visita estava terminada. Os homens se levantaram, inclinaram-se diante do magistrado. Dr. Fontes falou:

– Compreendemos, sua vida é de grande responsabilidade; vamos deixá-lo, embora com pena...

No corredor, Ricardo disse ao pai:

– Considero a causa quase ganha... – esfregou as mãos, de contente.

Saíram. Rodolfo ainda tinha de comprar algumas coisas para mandar a Sinhá-Moça, por intermédio de Frei José, que devia seguir para a fazenda. Os homens se despediram à porta e o Dr. Fontes acompanhou os filhos.

Na fazenda de Araruna, os preparativos para o casamento iam adiantados. Os cativos que tinham saído da prisão e voltado à casa-grande trabalhavam felizes por amor de sua sinhazinha.

Naquela tarde, chegando à fazenda, Frei José observou a mudança e isso ainda lhe deu maiores forças para trabalhar em prol da abolição. Ao vê-lo, Sinhá-Moça correu, radiante, ao seu encontro, perguntando-lhe logo pelos papéis, pedindo-lhe que escrevesse aos seus amigos da Bahia.

– Não se preocupe, Sinhá-Moça – respondeu o frade. – Tudo chegará a tempo.

E riu das suas inquietações.

O religioso e a moça ainda estavam nessa conversa quando a mãe de Rodolfo e D. Cândida desceram a escada do alpendre, contentes com a visita.

– Meu caro amigo! Que está confabulando com ela?

– Segredos...

– Hum... Até a gente fica curiosa...

– Assuntos muito importantes...

– O que Frei José está querendo é deixá-la com a pulga atrás da orelha... – riu Sinhá-Moça. Depois, lembrando-se de alguma coisa: – Frei José, quando volta à cidade?

– Amanhã. Preciso amansar o espírito de alguns escravocratas... Quero contribuir para que a profecia de Virgínia se torne uma realidade...

– Quer me levar com o senhor? – perguntou a Senhora Fontes. – Estou preocupada com os filhos e com... o marido.

– Se é assim, nós a deixaremos regressar a sua casa – disse D. Cândida, com o assentimento da filha.

– Pois eu estou às suas ordens – curvou-se Frei José. – Partiremos amanhã, muito cedo.

– O senhor é quem resolve...

As compras, chegadas da cidade, estavam sobre a mesa. Virgínia, sem descansar, passava as lindas peças de cambraia, abrindo rendas, estufando bordados. Bastião, ainda fraco, fazia grande esforço para ajudar D. Cândida a remover as cortinas das muitas janelas da casa-grande.

Afinal, nesse mesmo dia, chegou o vestido para os esponsais. Era de gaze toda trabalhada, com uma roda de muitos, muitos metros, tudo forrado de tafetá. O véu, de rendas de Bruxelas, era um presente da mãe de Rodolfo. Fora seu. Parecia um sonho de rendas. Uma trama de filigranas, própria para princesas encantadas...

Ao ver a *toilette* nupcial, o próprio Frei José se deslumbrou. Como Sinhá-Moça ficaria linda no grande dia! E estava assim quando a sua fisionomia se anuviou... Era a lembrança de Justino... Essa lembrança não o deixava nunca...

Foi Sinhá-Moça quem falou primeiro:

– Se for preciso, disporei das minhas joias para a libertação de Justino. Não poderei sentir-me inteiramente feliz sabendo-o numa enxovia, condenado a tantos anos de prisão!

– Vassuncê tá pensando na sorte do nego, sinhazinha?

– A liberdade de Justino é para mim, Virgínia, uma verdadeira obsessão. Não terei forças para sentir-me feliz sabendo-o desgraçado. Que fazer? Nasci assim, com este sentimento...

– E é por isso que não terá paz enquanto não conseguir o seu nobre objetivo – sentenciou Frei José.

A tarde e a noite se passaram sem outras novidades. Um misto de contentamento e de mágoa reinava naquela tranquila fazenda. De um lado, a perspectiva da festa do casamento de Sinhá-Moça; de outro, o receio de que o pobre preto não fosse indultado.

Ao chegar a manhã, Frei José e a Senhora Fontes partiram, como estava combinado. Ambos prometeram enviar notícias diárias sobre o caso. Frei José foi mais claro:

– Assim que chegar começarei as minhas pregações para ver se consigo tornar os corações mais altos, mais sensíveis ao perdão. Isso dará forças ao presidente da província para que aceda.

– Deus o inspire – disse D. Cândida.

– A nós todos.

Durante o trajeto, Frei José, como se estivesse viajando só, pôs-se a pensar no que deveria dizer. Meditou o tempo inteiro, quase não falou. A Senhora Fontes compreendeu a sua preocupação, deixou-o à vontade.

Assim chegaram à cidade. A mãe de Rodolfo ficou em sua casa, e Frei José seguiu para a capela, que por aquela altura já estava cheia de fiéis. Mal teve tempo de mudar a roupa, de paramentar-se.

Depois de oficiar, ele subiu ao púlpito e falou:

– Meus irmãos! A bondade ampara a todos os homens. Em uns atuando objetivamente, em outros atuando subjetivamente. Ela tem crescido muito no coração humano. No entanto, hoje é mais complexa do que ontem, chega mesmo a dar a muitos a impressão de que não existe. Mas eu peço a todos que a sigam. Amando-a, procurando compreendê-la, seremos bons. E ser bom é sentir a necessidade de praticar o bem. Por mais que certas pessoas, despidas de sentimentos de humanidade, procurem diminuí-la, ela, a excelsa bondade, terá que se desenvolver sem peias, sem tropeços, como base do progresso moral e da salvação dos homens!

Ao dizer essas palavras, Frei José, calculadamente, fixou seus olhos na figura esgrouviada do delegado que, com um sorriso de piedade, escutava o seu sermão...

Continuou:

– Semeai, pois, a bondade entre os infelizes! O momento é próprio para isso. Pensai nas coisas que nos cercam. Não permitais que atrás das grades de um calabouço um ser semelhante a nós venha a apodrecer e a morrer como animal ferido e abandonado só porque, sendo ignorante e tratado como coisa, agiu ao impulso de suas paixões, num gesto sincero, ditado pelo coração, procurando esmagar os que cerceavam a sua liberdade moral e física. Nesse desatino, ele eliminou o homem que, tempos antes, havia causado a morte de seu irmão.

As palavras ardentes do religioso abolicionista calavam fundo no espírito dos fiéis que o ouviam. Tendo compreendido a alusão clara de Frei José à sua pessoa, o delegado aproximou-se da porta da igreja e, sem que ninguém percebesse, moscou-se.

Quando a missa terminou, os amigos procuraram-no para pedir-lhe a sua opinião, mas o homenzinho já estava bem longe dali.

E mais aborrecido, com certeza, ele ficou no dia seguinte, ao saber que o juiz incumbira Ricardo de ir a São Paulo, levando os autos do processo e o pedido de clemência ao presidente da província, assinado pelas pessoas mais representativas da cidade. Diante disso, sentiu-se diminuído e não quis mais externar a sua opinião sobre os acontecimentos.

Na cidade reinava uma ansiosa expectativa pela resolução que tomaria o presidente da província. Na fazenda de Araruna, onde se faziam preparativos para o casamento de Rodolfo e Sinhá-Moça, todos se sentiam alegres; ninguém já duvidava de que a sentença seria favorável a Justino.

Afinal, foi marcado o dia para os esponsais.

Na estrada da fazenda, começaram a aparecer as primeiras aranhas conduzindo famílias da sociedade paulista que iam assistir à grande festa.

A capela da fazenda era vasta e até certo ponto rica, com um altar todo enfeitado de obras de talha. Ao centro, erguia-se um belo crucifixo, todo emoldurado de rosas. A Seus divinos pés, ardiam sempre as luzes votivas de muitas velas. Nos nichos laterais da capela havia santos entalhados em madeira, obra de reputados imaginários da corte.

Mas Frei José, na igreja da cidade, andando de um lado para outro da vasta sacristia, entre bancos destinados às crianças do catecismo, arcas com pregarias de ouro onde se guardavam os paramentos e altos andores que ali só saíam nas procissões, mostrava-se preocupado. Caminhava de um lado para outro, as mãos nas costas, os olhos fitos nas pontas das sandálias. De quando em quando estacava, fitava o teto de tábuas estreitas, unidas, e perguntava a si mesmo:

– E se o indulto não vier? Faltam apenas dois dias para o casamento!

Em Araruna, pouco a pouco, foram tomando corpo as mesmas preocupações. Dr. Fontes, conhecedor da promessa feita por Sinhá-Moça, não fazia alusão às suas inquietações. Chegava mesmo a dizer que Frei José era por demais impressionável. Mas a verdade é que a noiva condicionara a realização do casamento ao perdão de Justino.

Pensava ele:

– Eis aí uma bota difícil de descalçar!

Virgínia mostrava-se alegre. Numa roda de escravas, ela orientava o serviço e por nada deste mundo punha em dúvida que a justiça seria feita. Da cozinha, todos os dias, saíam bandejas de bom-bocados, de fios de ovos, de beijos de noiva...

Bastião observava as ordens de Ricardo atendendo de um lado e de outro os convidados que chegavam.

A Senhora Fontes veio na véspera do casamento, e também ela estava preocupada, pensando em voz alta:

– O casamento está marcado para amanhã, e nenhuma novidade de São Paulo!

D. Cândida ouviu aquilo e sorriu enigmaticamente, sem deixar transparecer o que lhe ia pela alma.

De quando em quando, era interrogada por Sinhá-Moça que, inconsolável, indagava:

– Será, minha mãe, que eu não mereço essa graça do céu?

– Não desespere, minha filha – respondia-lhe ela. – Talvez chegue mesmo na hora da bênção, como um presente do alto!

Afinal a manhã esperada surgiu tocada de poesia, trescalante de flores de laranjeira. Fazia um grande sol. As andorinhas trissavam no azul, sobre o terreiro.

Frei José, paramentado com as roupas de seda e brocados, estava ajoelhado na capelinha da fazenda. Rezava pela felicidade de Sinhá-Moça, o anjo bom dos escravos.

Virgínia, muito carinhosa, colocava os sapatinhos de pelica bordados de prata, acolchoados de seda, sobre o banquinho do quarto.

Sobre a cama, o vestido de gaze exalava delicados perfumes.

Rodolfo, impecável no seu traje de cerimônia, pedia a Ricardo que lhe ajeitasse o plastrom. Estava diante do espelho e não conseguia acertá-lo convenientemente.

Luís, de calças curtas e botinhas cor de laranja pelo meio das canelas, andava de um lado para outro, sentindo-se quase homem. Falava e ria, mostrando-se bem-disposto, o que era uma novidade...

No terreiro, nas senzalas, por todos os cantos da fazenda de Araruna só se ouviam os escravos a abençoarem Sinhá-Moça.

Aproximou-se a hora marcada para o casamento. Não era possível retardá-la. As pessoas de fora tinham o seu tempo marcado, não podiam esperar. Muitas haviam deixado seus negócios na capital para irem assistir ao casamento de Sinhá-Moça e Rodolfo.

A noiva, auxiliada por D. Cândida, pela mãe de Rodolfo e pela mucama Virgínia, começou a preparar-se. De tão delicada e mimosa, mais parecia uma figurinha de Sèvres.

Puseram-lhe sobre os cabelos cor de ouro a grinalda de flores de laranja. O véu de renda, envolvendo-a, era como uma imensa promessa de felicidade.

No entanto, seu coração era como uma rola assustada. Estremecia, pensando no sonho de Virgínia. No meio daquela alegria, a moça pensava no sofrimento de Justino. Por isso, não podia ser inteiramente feliz.

Por que motivo Rodolfo, que se dizia tão seu amigo, escondera a verdade até a última hora? Por que a fizera crer que o escravo seria posto em liberdade antes do casamento? Quem sabe se o pobre Rodolfo estava sofrendo a sua decepção?

Súbito, estremeceu. É que, à porta do quarto, Ricardo se pôs a tamborilar com os dedos.

– Minha visita parecerá descortesia, mas eu afirmo à mais linda noiva de Piratininga que lhe trago uma ótima notícia.

– Que é isso, meu filho? Que indiscrição é essa? – perguntou a Senhora Fontes.

– Não me julgue antes de ouvir-me... Estou certo de que todos vão ficar contentes. Venho trazer alegria!

Sinhá-Moça correu a abrir a porta. Ao vê-la, Ricardo deu um passo para trás e levou a mão aos olhos, para significar, galantemente, que estava deslumbrado. E, lá com os seus botões, concordava em que nunca a vira tão bonita. As palavras que trazia nos lábios prontos para repeti-las fugiram como por encanto. Tinha perdido o dom da palavra.

– Que deseja você? – perguntou a noiva, percebendo com uma pontinha de vaidade o deslumbramento que causara.

– Vim contar-lhe que... que o doutor juiz de Direito acaba de chegar... Deve ter trazido boas notícias, pois entrou com ar prazenteiro e pediu para chamar imediatamente meu pai...

– Obrigada, Ricardo... – e lhe estendeu a mão fina e branca, coruscante de joias, para que ele a beijasse.

Ele não desejava outra coisa. Por isso, após ter osculado a mão da noiva, correu para o alpendre. Vendo aquilo, Virgínia se pôs a rir, mostrando os dentes alvos e perfeitos.

– Vassuncê tá bunita, sinhazinha! Despois que Dotô Ricardo falô, duas rosa enfeitaro com tanta boniteza o rosto de vassuncê!

– Você está inspirada! – gracejou Sinhá-Moça. – Não percebeu que são os seus olhos que me querem bem?

– Pois eu não penso assim – disse a Senhora Fontes, pedindo a D. Cândida que confirmasse.

– Pelo que vejo, querem me deixar vaidosa...

– Não acredito, minha filha. Dificilmente a beleza verdadeira da alma permite que alguém se envaideça pela formosura efêmera do corpo...

– Minha mãe, suas palavras são uma forma velada que a senhora encontrou para elogiar-me. Não pensa assim, Senhora Fontes?

– Ela está dizendo apenas uma verdade.

Lá dentro, no salão de visitas, o Dr. Fontes recebia nesse momento o juiz de Direito. Os dois homens encontravam-se com visível agrado. O advogado pediu ao magistrado que se sentasse e, acomodando-se muito próximo dele, pôs-se à sua disposição.

– Venho pedir-lhe – disse o juiz – que ofereça a Sinhá-Moça a carta régia assinada pelo senhor presidente da província, perdoando a Justino.

O Dr. Fontes, ao ouvir tais palavras, ficou de pé e, transbordando de alegria, explicou ao magistrado:

– Mas isso é a felicidade para Sinhá-Moça. Sem este pormenor, não creio que a sua ventura fosse completa. Se me permite, vou buscá-la em seu quarto. Ela está se vestindo. Um momento...

Afastou-se depressa, sem ouvir as palavras do juiz. Seguiu pelo corredor e, chegando ao quarto de Sinhá-Moça, foi entrando pela porta adentro...

– Que é isso, meu velho? Aonde é que você vai? – perguntou-lhe a esposa, alarmada com a sua indiscrição. Mas ele estava fora de si.

– Vejam! Leiam!

A Senhora Fontes, D. Cândida e Sinhá-Moça acercaram-se dele e, depois de consultarem o papel, puseram-se a repetir:

– Justino foi perdoado! Justino foi perdoado!

Sinhá-Moça lembrou-se da mucama:

– Virgínia!

A preta entrou quase correndo pela porta do quarto:

– Tô aqui, tô aqui mermo... Que será que contaceu?...

Sua sinhazinha abraçou-a, de olhos úmidos:

– Justino... Justino foi perdoado!

– Bendito seja Nosso Sinhô! É milagre, sinhazinha! Milagre de Nosso Sinhô feis pru mode primiá a santinha dos escravos! Agora sim posso morrê feliz...

Ajoelhou-se e, chorando, beijou as mãos de Sinhá-Moça.

Esta, porém, já estava pensando no noivo. Disse:

– É preciso contar a Rodolfo. Onde estará ele? – E, arrepanhando a saia rodada, para não arrastá-la pelo chão, mostrou os pezinhos minúsculos lindamente calçados, e correu para a porta, no afã de ir procurá-lo. Mas a mucama interveio:

— Depois, sinhazinha. Num presta noivo vê a noiva antes da cerimônia...

— Está vendo, doutor? Que remédio tenho eu se não ouvir o conselho de Virgínia? – perguntou Sinhá-Moça, a rir das superstições da escrava.

Dr. Fontes por essa altura já havia dominado os seus sentimentos. Estava de pé junto à mesa coberta de flores e fitas e perguntava, mais a si mesmo que às mulheres que o rodeavam:

— Que adiantou a malvadez do delegado? Que adiantaram as suas perseguições contra o pobre Justino? Apenas isto: desmoralizou-se.

— Neste momento ele está doente, de cama... – ajuntou sua esposa, ajeitando o véu de Sinhá-Moça.

— Como a senhora soube disso? – perguntou D. Cândida.

— Pela esposa do Dr. Moreira. E ela me adiantou muito por alto que não é nada bom o seu estado... Acho que desta ele vai.

Dr. Fontes, ouvindo aquilo, começou a rir.

— Qual, minha velha! Vaso ruim não quebra. Só se ele quiser ser uma exceção...

Frei José tinha parado, à porta do quarto, curioso diante daquele animado falatório. Informado do que se tratava, externou a sua opinião:

— Hum... As doenças morais, muitas vezes, se refletem no corpo. Vai ver que o delegado, ferido no seu orgulho, acabou por sentir-se ferido igualmente num órgão vital... As grandes paixões são geralmente sinais de fraqueza. Elas abatem o indivíduo nas suas reservas mais íntimas, que estão no espírito. Os sentimentos brandos, suaves, alegram a existência. Excitam sem cansar, aquecem sem queimar; suas chamas, ardendo no coração, não devoram – mas iluminam. São elas, meus amigos, o indício da verdadeira força. Um coração cheio de ódio, de paixões criminosas, não assiste a uma derrota sem baquear. É isso que, com certeza, está-se dando com o delegado. No fim, ele, apesar de tudo, é merecedor da nossa comiseração.

– Sempre perdoando, Frei José! – exclamou Sinhá-Moça.

– Mas, minha filha, que nos cabe fazer nesta vida senão perdoar?

A Senhora Fontes consultou o relógio do marido.

– Vocês não percebem que a hora se aproxima? Muitas das visitas querem regressar hoje mesmo às suas fazendas. E a noiva também viajará...

– Pois conduzamo-la para a capela – condescendeu o Dr. Fontes. – Frei José, com certeza, ainda terá alguns assuntos para tratar com D. Cândida. Mas, depois disso, eles lá nos encontrarão...

Dizendo isso, o Dr. Fontes deu o braço a Sinhá-Moça e, orgulhosamente, levou-a para apresentá-la aos amigos que se encontravam reunidos no alpendre, onde Ricardo e Luís faziam as honras da casa.

Rodolfo estava conversando com o juiz de Direito. Ao ver a noiva, de longe, pediu licença ao magistrado e correu a cumprimentá-la.

– Maravilhosa! Como está linda a minha futura esposa!

Assim dizendo, conduziu Sinhá-Moça à presença do juiz de Direito, dizendo-lhe:

– Senhor juiz! Tenho a honra de apresentar-lhe a mais formosa jovem de minha terra!

O magistrado levantou. Depois, curvou-se reverentemente diante da noiva de Rodolfo.

Sinhá-Moça estendeu a mãozinha enluvada, mas quase não pôde falar, tal a emoção que a dominava. Assim mesmo, procurou agradecer ao magistrado o que ele fizera pelo perdão de Justino, sem o que a sua felicidade não seria completa. Sob o corpete de pelúcia branca, percebia-se que o seu coraçãozinho estava pulsando forte.

Para tirá-la da situação incômoda, o juiz cumprimentou o noivo:

– Dr. Rodolfo, desejo dar-lhe os parabéns.

E, beijando as mãos de Sinhá-Moça, calçadas de mitenes de renda:

– E à senhora, quero dar-lhe a certeza da minha amizade, da minha muita admiração. Sei o quanto se interessa pela abolição da escravatura, pela emancipação dos homens de cor.

– Sou o mais feliz dos homens em tê-la por esposa! – exclamou Rodolfo.

Sinhá-Moça, sorrindo, num cumprimento gracioso, afastou-se do noivo e do magistrado, para dirigir-se aos demais convidados.

A seguir, formou-se o cortejo. Meninas vestidas de tafetá, com seus trajes muito armados, com tufos de gaze e crinolinas, lembrando marquesinhas do tempo de Luís XIV, seguiam-na, atirando pétalas de rosas sobre a sua cabeça coroada de flores de laranjeira.

Foi quando se ergueu aquela música luminosa e profunda que parecia vir do céu. Era o órgão da fazenda, que, depois de dormir tantos anos num canto da capela, acordara de repente, para se fazer ouvir numa dulcíssima *Ave-Maria*.

O pequeno templo familiar estava à cunha. Fora, estavam os escravos, assistindo à realização do sonho de Virgínia, numa alegria profunda e sincera. Luís entrou com dificuldade. Estava solene, compenetrado, sentindo a importância da sua missão: ia levar as alianças para Frei José abençoá-las.

D. Cândida, consternada, pensava no seu infeliz marido; ele bem poderia estar ao seu lado, compartilhando a ventura da filha.

E a cerimônia prosseguiu.

Depois de uni-los perante Deus, Frei José, como é costume em tais casos, proferiu algumas palavras:

– Aqui está a bondade – disse ele, mostrando Sinhá-Moça que, ouvindo essas palavras, enrubesceu. – É a bondade que Deus quis premiar. Esta moça tão simples, que eu conheci pequenina, que tive a felicidade de preparar para a primeira comunhão, que acompanhei ao longo da adolescência e que hoje tenho a graça de unir ao homem digno e probo que é o Dr. Rodolfo Fontes, com a realização de seu casamento assiste ela mesma à recompensa dos benefícios que tem espalhado entre os humildes. Nunca fez distinção entre grandes e pequenos, entre pobres de espírito e homens de inteligência. A todos estende a sua mão protetora, desanuviando os semblantes, alegrando os corações... Sua bondade é como o pão do Evangelho, mitigou a fome de muitos, aliviou enormes sofrimentos. Agora, recebe a justa recompensa. Deus lhe dá para marido um homem que bem a merece.

– E os escravos – disse Frei José, olhando com ternura os pretos agrupados à porta da capela –, os escravos que ela libertou da prisão com a sua bondade agora lhe oferecem a sua gratidão, o seu amor.

A fisionomia dos presentes, alumiada de ternura, era uma confirmação das palavras do religioso.

Virgínia, comovida, de mãos postas, agradecia a Deus a realização de sua profecia. Não perdia de vista a sinhazinha querida que, aos olhos dos cativos, era uma santa descida do céu para protegê-los.

Terminada a solenidade do casamento, Rodolfo beijou ternamente Sinhá-Moça. Esta correu a agradecer a Frei José a bondade de suas palavras. D. Cândida, enxugando os olhos, abençoou-a. Dr. Fontes, sua esposa e Ricardo também se acercaram da moça para abraçá-la. E o mesmo fizeram todos os convidados.

Luís estava num dos seus bons dias. Correu para a irmã:

– Sinhá-Moça! Como você está bonita!

E, procurando descalçar-lhe as mitenes, quis ver como tinha ficado, em seu anular cor-de-rosa, a aliança pouco antes abençoada pelo frade. Viu, gostou e só pôde dizer:

– Estou tão contente!

Sinhá-Moça perguntou:

– Por quê?

E ele:

– Ora! Por que havia de ser? Porque você está contente!

A irmã inclinou-se e beijou-o.

Pouco a pouco foi-se desfazendo o ajuntamento da capela. O órgão calou-se no seu canto. A *Ave-Maria* dissolveu-se no silêncio.

Dali a pouco, Sinhá-Moça e Rodolfo estavam sós, no alpendre. Desceram a escada de pedra, entraram no terreiro, viraram à esquerda e transpuseram a cancela do jardim. Sobre eles havia uma janela. O vento agitava a cortina de gaze, erguendo-a e abaixando-a num adeus. Lá dentro erguiam-se vozes. Brindes, risos álacres, trinclidos de taças. Era a mesa de doces. Sinhá-Moça perguntou a Rodolfo:

– Que ideia foi essa de visitar o jardim antes de nossa partida?

– Quero que as roseiras, os jasmineiros e os heliotrópios fiquem com inveja de mim. Eu vou levar comigo a mais linda flor que eles possuíam! Onde estão os passarinhos que voavam nestas árvores? Onde estão os pombos que arrulhavam neste velho telhado?

Sinhá-Moça não sabia como responder àquelas palavras loucas.

Ele continuou:

– Sim, minha esposa, antes de partirmos, quero que todos os recantos desta fazenda recebam nossa visita e participem da nossa felicidade! Repare como tudo o que nos cerca parece estar contente! Como se tornou mais suave, mais harmonioso o murmúrio das águas do regato! Como as borboletas insistem em aprisionar-se nas volutas do seu véu de noiva! Querem conhecer, por certo, os segredos do seu coração! Veja as plantas rasteiras... Elas se matizam de flores para que seus sapatinhos as beijem... Veja os velhos limoeiros, como se cobriram de estrelinhas alvas... Veja as parasitas que enfeitam os troncos apodrecidos... Veja como os enxames de abelhas silvestres voam e revoam sobre a sua cabeça, na suposição amável de que você seja um grande lírio branco a passear pela terra...

Trocaram, então, o seu primeiro beijo.

– Querido – murmurou Sinhá-Moça, afastando-o de si com meiguice –, o que não dirão de nós os convidados? Já pensou nisso? Voltemos para casa. Teremos muito tempo para falar de nosso amor...

Ela ainda não tinha acabado de dizer essas palavras, e muitas cabeças apareceram na janela que lhes ficava próxima.

– Lá estão eles!

– Os fujões!

Mas Ricardo dominou os demais, com o seu vozeirão:

– Depressa, Sinhá-Moça! Venha cortar o bolo! Nós todos estamos aqui à sua espera!

Depois, foi a Senhora Fontes a aparecer na janela:

– Que estão fazendo aí?

– Viemos trazer nossas despedidas às flores, que eram muito nossas amigas!

Deram a volta e entraram no salão, onde havia muita gente e um falatório ensurdecedor.

– Viva Sinhá-Moça! – brindou Ricardo.

– Você é amável – respondeu a cunhada, oferecendo-lhe um pedaço de bolo. Em seguida, serviu aos demais que lhe estendiam o prato. E aos escravos também. Eles vinham, beijavam uma pontinha do seu véu, recebiam uma talhada de bolo e partiam para o terreiro, sentando-se nos degraus da escada, nos bancos de madeira ou nas pedras grandes que ficavam junto aos alicerces da casa.

Na cocheira, Bastião ajudava Dr. Fontes a preparar o trole em que o jovem casal deveria partir dentro em pouco para São Paulo. Sinhá-Moça e Rodolfo passariam a lua de mel na chácara dos Oliveira Franco, velhos amigos da família e gente tradicional de Araras.

Capítulo XIV

— Minha amada – segredava Rodolfo nos ouvidos de Sinhá-Moça. – Três horas da tarde. Meu pai já me fez sinal de que devemos partir. Despeça-se apenas dos nossos, de Virgínia e fujamos, como pássaros livres. Vá se preparar. Guardarei eternamente na retina sua imagem neste vestido de renda... Quero tê-lo como relíquia. Na nossa velhice, recordará este dia solene em que me oferece sua mão de esposa!

— Estão novamente arrulhando – disse Ricardo interrompendo-os –, pena é que os venha despertar. Papai assegura que, se não partirem imediatamente, Sinhá-Moça não suportará uma noite de frio pela estrada, o que não é nada agradável.

— Justamente, eu pedia a Sinhá-Moça para se preparar.

— Tome conta dele por um momento – pediu a jovem a Ricardo – enquanto troco de vestido. Num instante estarei de volta.

— Dispenso a proteção de meu irmão, prefiro a honra de acompanhá-la.

— Não! – respondeu Sinhá-Moça, esboçando um sorriso que suavizava a recusa.

— Que se pode fazer contra a tirania de uma linda senhora? – exclamou Rodolfo. – Não encontro remédio senão o de aturar Ricardo.

– O casamento deixou-o convencido – asseverou o irmão, dando-lhe pancadinhas nos ombros.

– E poderá afirmar que não tenho razões?

– Se estivesse no seu caso... confesso que me sentiria importante.

– Era isto que eu desejava ouvir.

– Mas, falemos a sério, meu caro. Pretendem demorar-se em São Paulo? Quais os planos para o futuro? Um advogado como você, com seu talento (e nisto não vai nenhuma lisonja), deverá fixar-se em Araras? Na verdade, com a morte do marido, D. Cândida precisa estar sempre perto da filha. Você acha razoável deixá-la na fazenda? Não será imprudência? Se tivesse um capataz de confiança para dirigir... Mas, mesmo assim, ela que não tem a mínima energia...

– Já refleti sobre tudo isto, Ricardo. Não quero, por hora, levar preocupações ao espírito de Sinhá-Moça. Ao regressarmos, acertaremos da melhor maneira possível a situação. Agradeço o seu interesse.

– Não me deve nenhum agradecimento. Seu bem-estar é o meu também. E, a propósito, já ouviu os boatos que correm a respeito do delegado? Dizem que ficou inteiramente desmoralizado com o perdão concedido a Justino. Em consequência, teve uma crise neuropsíquica, ficando com suas atividades bem comprometidas.

– Hum! – retorquiu Rodolfo. – Você está falando difícil, parece-me um esculápio.

– Não gracejo. Repito apenas os termos comumente aplicados à doença e usados pelo Dr. Moreira.

– Gostaria de conhecer os pormenores...

— Também os desconheço. Ouvi a história por alto, quando recebia os convidados.

— Sei que essa enfermidade alquebra o indivíduo — informou penalizado Rodolfo. — Vem acompanhada de crises nervosas, com alternativas de cólera e de prostração. Afinal, que ficasse desacreditado, ridicularizado, era de se esperar, mas que adoecesse de modo tão trágico!

— São as consequências das paixões mórbidas. Frei José diz muito bem que, quando são violentas, coléricas, uma vez contrariadas ou vencidas, têm que abater o corpo físico.

— Como estão entretidos! Aposto que nem sentiram a minha falta! Se lhes perguntasse que assunto os empolga, julgar-me-iam indiscreta?

— Em primeiro lugar vai deixar-me admirá-la — disse Rodolfo.

E dirigindo-se a Ricardo:

— Não lhe parece um modelo de Paris? Você está linda, minha mulher! Quanta elegância nesta simplicidade! Como o *tailleur* lhe molda bem as formas! Que lindo verde! Lembra esmeraldas irisadas de sol e parece ter roubado a cor de seus olhos tão belos... E este chapéu tricórnico, que brinca com seus cabelos? Onde o descobriu, tão de acordo com a sua fisionomia? Agora, antevejo uns pezinhos travessos, escondidos nestes borzeguins de pelica... É um sonho esta minha esposa, não acha, Ricardo?

— Rodolfo, não me faça corar — admoestou Sinhá-Moça. — Que poderá Ricardo responder?

— Devo confessar que o mano tem toda a razão. E que você é um encanto!

— Com estas lisonjas, o que desejam é fugir à minha curiosidade. Como toda mulher, entretanto, não transigirei. Continuo ansiosa por saber o que conversavam...

— Desejávamos poupá-la, Sinhá-Moça – advertiu Rodolfo. – O assunto é desinteressante e assaz triste...

— Veja se adivinha – exclamou Ricardo. – Falamos sobre certa pessoa que se julgou o senhor prepotente de todos os infelizes...

— Ah! Já sei! – respondeu Sinhá-Moça, tornando-se séria.

— Vassunceis ainda tão ansim? Cunversano? As famia tão tudo esperano, pru mode adispidi... As moça na cozinha inté parece bando de vespa, arremexendo nas saca di arrois pra jogá in vassunceis... Seu dotô tá dizeno: a viage é cumprida. O frio pr'aquelas banda, quando vai chegano a noite, num é de brincadeira!...

— Querendo nos ver pelas costas, hein, Virgínia? E eu, que pensava deixá-la triste, com saudade de mim... – disse Sinhá-Moça, fingindo-se decepcionada.

— Antonce, sinhazinha, duvida da preta véia?

— Brincava com você, para seu desapontamento.

— Quar! Vassuncê num sabe judiá da gente, Sinhá-Moça – falou Virgínia, com os olhos cheios de lágrimas.

— Terminemos com este colóquio – disse rindo Rodolfo. – Vamos, Sinhá-Moça. – E, abraçando Ricardo, saiu apressado, levando sua amada. Ainda gritou:

— Até breve, *senhor esculápio!*

— Não entendi a insinuação de meu marido – objetou Sinhá-Moça. – Que foi que lhe quis dizer, Ricardo?

— Ainda não conhece Rodolfo? Estava a me fazer críticas. Zombando de mim porque usei certos termos ao falar da enfermidade do delegado.

— Todas estas brincadeiras o farão ter saudades de você, Ricardo.

— Não há dúvida — afirmou Rodolfo, insistindo com Sinhá-Moça para o seguir, e mais uma vez despedindo-se do irmão.

— Muito me alegra essa afirmação — retrucou Ricardo, um tanto comovido. — Irei levá-los. Quero ter a certeza de que este meu amigo-urso se foi e me deixou, por algum tempo, livre das suas impertinências.

Ao entrarem na grande sala, toda enfeitada de flores, cheia de gente, numa tagarelice de papagaios, como enxames de abelhas, moças e rapazes se puseram a atirar arroz em profusão sobre o casal de noivos.

Beijando os pais e percebendo no rosto de D. Cândida certa apreensão, asseverou Rodolfo:

— Não tenha cuidados. Tratá-la-ei como a uma princesa!

— Confio em você, meu filho — respondeu a senhora, com os olhos anuviados de pranto. — Mas as saudades...

Querendo cortar a conversa para evitar tanta emoção, Rodolfo indagou do pai:

— Tudo pronto? Dê-me então a bênção, e até muito breve!

— Quanta pressa! — gritaram os amigos.

— Seguimos para longe — exclamou Rodolfo, arrebatando sua adorável mulherzinha e fazendo-a sentar-se na almofada de seda feita por sua mãe.

— Suns Cristo! — disse Virgínia, numa voz entrecortada de soluços e acenando com o grande lenço vermelho de ramagens brancas. — Nosso Sinhô cumpanhe vassunceis... Agora, como vai sê a vida na fazenda sem sinhazinha?

— Deus os faça sempre felizes — disseram juntas as duas mães.

– Felicidades! – gritou impetuosamente Ricardo, ouvindo o eco da própria voz perder-se na densa mata onde desaparecia, numa corrida desabalada, o trole que levava o novel casal.

Em pouco tempo, não se via mais o lencinho branco de Sinhá-Moça, que se agitava no ar, numa despedida cheia de saudades...

Lá se iam, muito longe, quase a perder de vista, venturosos, no seu sonho de amor.

Cortando estradas, daqui, dali, em busca de melhores caminhos, repousando de quando em vez à beira de um regato amável que lhes falava em cadência macia, no murmúrio suave das águas mansas, melodias feitas para namorados...

Descansando às vezes numa hospedaria mais convidativa, sempre encantados com a sua paixão e com a poesia simples e despretensiosa da paisagem que revelava em seus graciosos contornos a minúscula Piratininga que começava a crescer, eles se iam, cada vez mais enamorados...

De quando em quando, Rodolfo indagava:

– Não está fatigada? E se descansássemos um pouco? Não devemos ter pressa! O frio da noite não a deve atemorizar. Aquecê-la-ei com o meu amor... A relva macia, alcatifada de flores silvestres, como um lindo tapete se oferece também para a receber — insistia o moço beijando os lábios, o rosto, os cabelos fulvos de sua mulher.

– Perto de quem se ama, pode alguém sentir cansaço?

– Sempre amável – replicava Rodolfo.

E prosseguiam por léguas, sem sentir o tempo que passava e que para eles representava minutos.

Confundiam seu amor, sua paixão, com o amor e a paixão que as falenas nos vergéis, os pássaros nas ramadas, as cigarras enlouquecidas de prazer, celebravam em meio à natureza virgem, despida de preconceitos e de maldade. Enleados, nesse sagrado ambiente, realizavam, eles também, seus mais ardentes anelos...

E assim, depois de vários dias, numa troca mútua de desejos e promessas, venceram a jornada.

A terra que Anchieta modelara estava enfeitada de sol... Cantava a passarada numa alacridade tão viva como a querer que os noivos percebessem que os estavam saudando...

Os Oliveira Franco, avisados por um carreiro que os encontrara na estrada, estavam a postos, ansiosos para recebê-los.

Eram dois velhinhos solteirões. Amigos do tempo de estudante do Dr. Fontes, tinham feito questão de hospedar o jovem casal em sua chácara.

Ao avistarem o trole que se aproximava do grande portão senhorial, cercaram-no dando as boas-vindas. Numa afoiteza quase infantil, faziam mil perguntas a respeito do casamento, da família, da viagem. Apresentando Sinhá-Moça, Rodolfo os satisfazia com paciência de frade.

E os velhos, num estribilho, olhando a figura bonita de Sinhá-Moça:

– Vocês são homens de gosto!

– Seu pai, Rodolfo – disse o Dr. Joaquim Oliveira Franco –, que se parecia muito com você, era um rapaz extremamente simpático, de cabeleira negra, ondulada, talvez um pouco mais baixo, quando se apaixonou por sua mãe, que também era linda. Chamava a atenção nas festas da corte. Era uma escultura...

– Não sei se o mano está lembrando – indagou o Dr. Antônio. – Quando ficaram noivos, houve até certa vez uma cena de ciúmes.

– Como não! Pois comentou-se tanto! Mas o Fontes tinha razão... Aquele poeta pensava que todas as mulheres bonitas deveriam ser suas musas...

– E, se as quisesse... apenas platonicamente, num sentimento todo espiritual – admoestou Dr. Antônio com uma pontinha de malícia.

Achando graça nos comentários dos Oliveira Franco, que de tão entretidos se haviam esquecido de convidar Sinhá-Moça a entrar, Rodolfo, carregando-a como fardo precioso, a depôs no portão da chácara.

Desapontados, disseram eles:

– Como nos devem julgar descorteses! Rememorando velhos tempos, esquecemo-nos de que devem estar exaustos e necessitam repousar. Perdoe-nos, Sinhá-Moça. Vamos entrar. A casa é sua.

A viva força queriam eles modificar a impressão que julgavam ter causado.

– Fiquem à vontade – insistiram. – Não pudemos assistir às bodas, conforme escrevemos ao Fontes, porque o reumatismo hostil a todo instante nos gritava que já não somos moços! Por isso, insistimos em que nos dessem o prazer de os receber como filhos.

– Não se incomodem – retrucou Sinhá-Moça, esboçando um sorriso que deixava entrever dentes perfeitos. – Desejamos, para ficar à vontade, que não tenham trabalho conosco. Não é, Rodolfo?

– Estou de pleno acordo.

– Estes pombos desejam é nos pôr de lado – afirmou Dr. Antônio, piscando para Dr. Joaquim.

– E estão no seu direito. Em lua de mel, se ficássemos em volta deles, só poderíamos ser considerados indesejáveis.

— Não nos compreenderam — retrucou Sinhá-Moça, vermelha como uma romã.

— Mas têm razão — objetivou Dr. Joaquim. — Não devem ficar vexados.

— Que sabe disso, meu irmão? — indagou Dr. Antônio em tom irônico. — Nunca passou de um celibatário!

— Não reparem. Vivemos sempre assim. Questionando e sempre nos querendo bem.

— Quem quer falar! — E dirigindo-se ao casal: — Não sabem — observou Dr. Antônio — que os extremos se tocam? Que os velhos e as crianças se confundem nas suas rusgas e folguedos?

Olhando-os com simpatia, objetou Rodolfo:

— Estão longe de ser considerados velhos... Não veem meu pai? Garanto que não está de acordo com suas ideias.

Se deixasse, percebeu Rodolfo, a palestra não teria fim. Os Oliveira Franco eram deveras palradores. Pensou em Sinhá-Moça que, mesmo a contragosto, demonstrava grande abatimento.

Aproveitou-se então do gesto de uma mucama abrindo a porta de um quarto para dizer:

— Não quero parecer indiscreto, mas aquele quarto bonito, que vejo de portas abertas, cheio de flores, não será o reservado para nós?

— Rodolfo! — exclamou Sinhá-Moça, confusa.

— Ele é de casa — disseram os Oliveira Franco. — E, depois, um aposento de noivos é sempre inconfundível... Mandamos prepará-lo para os receber. As flores — e Dr. Antônio apontou para o irmão — foram cultivadas por ele. Assim que o Fontes nos escreveu sobre o noivado de vocês, nunca mais se descuidou do jardim. Queremos que o vejam.

Acompanhados de Sinhá-Moça e Rodolfo, entraram no quarto.

– Reparem nos lírios. Parecem de pelúcia tecida para princesas...

– É a sua predileção? – indagou Sinhá-Moça, dirigindo-se ao Dr. Joaquim.

– Sim. É ele o artista. Vive cultivando e plantando. Diz que as plantas são mais gratas do que os homens, que a todo momento nos decepcionam...

– E o senhor, Dr. Antônio? – indagou a moça, repousando a cabeça no peito do marido.

– Gosto um pouco de política. Acompanho principalmente a atuação dos meus amigos, e particularmente dos Fontes e dos Bueno de Camargo. Ainda agora, incomodou-me sobremaneira o caso da rebelião de escravos na sua fazenda. Fiquei aqui, numa verdadeira torcida para que dessem ganho de causa aos Fontes.

– Pelo que diz, percebo que também é abolicionista – disse Sinhá-Moça com os olhos marejados de pranto.

E as palavras de Dr. Antônio lhe recordaram fatos passados que a entristeciam.

– Se a amizade que dedica à família de Rodolfo já era suficiente para eu o querer bem, sabendo-o agora adepto da abolição, dou-lhe minha amizade incondicional.

– E... os que semeiam lírios, os que cultivam flores para a mais encantadora noiva de São Paulo, nada merecem? Estou ficando com ciúmes...

– Querendo me confundir? – indagou rindo Sinhá-Moça.

– Mais tarde conversaremos – disse Rodolfo, que estava muito cansado. – Creiam que Sinhá-Moça os terá sempre no âmago do coração. Não fossem os senhores velhos amigos de meu pai... E olhem que digo *velhos*, mas não no sentido do almanaque...

– Irônico como o pai – disseram os Oliveira Franco, deixando-os.

Capítulo XV

A partida de Sinhá-Moça deixou um grande vazio na fazenda. Dr. Fontes tinha voltado para a vila com a mulher e o filho. Sozinha com Luís e Virgínia, D. Cândida sentia-se triste naquela solidão.

O casario branco, as senzalas traziam-lhe penosas recordações. Lembrava-se constantemente das cenas de tirania ali passadas com os escravos. Via a residência do feitor assassinado... Rememorava a noite trágica em que o tiro na mata os havia acordado em sobressalto. E lhe parecia ouvir ainda o marido a gritar para fora: *Que há? Que se passa?* Depois, sair afoitamente em perseguição aos rebeldes e nunca mais voltar.

Lembrava ainda a terrível agonia, seu desejo de viver, suas alucinações e seus arrependimentos. Essas imagens lhe provocavam calafrios. Não encontrava sossego. Uma grande tensão nervosa minava-lhe o organismo. Tudo a assustava. O cair de uma folha seca, o ruído das patas de um animal sobre um galho, o choro de uma criança, o cantar nostálgico de um galo...

Virgínia, que não perdia a ama de vista, alarmava-se vendo-a definhar e procurava, por todos os meios, distraí-la.

Negra inteligente, de raça mais acessível, rica de imaginação e de crendices, inventava histórias da sua terra, contava lendas que aprendera pequenina, dos seus maiores.

Seu objetivo era alegrar, custasse o que custasse, o coração de sua ama.

Num patuá muito seu, começava a narrar as fantasias cheias de encanto. D. Cândida as ia traduzindo, frase por frase:

— Nas noites quentes – dizia ela a D. Cândida –, quando a areia como brasa queimava nossos pés, a Mãe Velha dizia: *Vocês devem ir para o Brasil. Lá – contam os senhores de escravos – tudo é bonito. Até o pobre, o negro, é feliz.* Mãe Preta se enganava – prosseguia Virgínia. – Só estava certa quanto às belezas da terra. Contava que aqui plantavam algodão. Que a terra, sentindo-se fecundada, estremecida de volúpia, deixava surgir o broto exuberante que logo se transformava num pequeno arbusto, verde como a esperança. Com o tempo, cobria-se de flores macias, de um amarelo claro como o sol fraquinho de inverno e miolo vermelho como o poente. Mas – comentava Virgínia – eu acho mais parecido é cum as quemada...

Depois, contava o capricho dessas flores que se fechavam para fazer surpresa ao céu e, mais tarde, surgiam como novelos de lã branquinha que iam levados pela brisa pelo firmamento afora, namorar as nuvens... Lembravam também carapinhas de negras velhas ou rios encachoeirados...

— Como é bonita a sua história! – dizia Luís, de olhinhos arregalados.

D. Cândida, porém, estava como ausente. Seu pensamento andava distante... Recordava a vida triste que tivera e que agora ficara ainda mais enfadonha com a partida de Sinhá-Moça.

A filha lhe fazia muita falta. Era ela quem lhe dava forças e lhe erguia o ânimo abatido. Mesmo que Sinhá-Moça voltasse

– pensava D. Cândida em sua descrença –, estava condenada a uma vida sem alegrias. Como era natural, Rodolfo se transformara na razão de ser de sua filha. Jamais o poderia deixar.

Talvez o melhor fosse conceder alforria a todos os escravos e seguir para o povoado com Virgínia e Luís. Ao menos, estaria perto da filha e de Frei José, que lhe traria consolo, fazendo-a ter forças para carregar sua cruz.

Depois mandaria Luís para o colégio dos jesuítas, onde se tornaria um homem às direitas, faria seus estudos, ou, quem sabe?, seria um sacerdote. Mas, logo depois, argumentava: "não mereço tão grande graça". D. Cândida não confiava na realização dos seus desejos, e nesses devaneios passava os dias iguais que se sucediam.

Alguns dos escravos, ciosos dos seus deveres, trabalhavam de sol a sol, para que não murchassem as plantações, para que o gado não morresse e Sinhá-Moça não se aborrecesse com eles. Outros, porém, fugiam para as serras, irmanando-se nos quilombos.

Numa apatia mórbida, doentia, a pobre senhora assistia a tudo sem ânimo para reagir. Aguardava a chegada de Sinhá-Moça como náufrago que espera alguém para o salvar.

De outro lado, embora informado sobre a situação da fazenda e o estado de ânimo de D. Cândida, Dr. Fontes não se considerava no direito de tomar deliberações. Só Rodolfo e Sinhá-Moça, dizia ele, podem opinar e resolver de acordo com a mãe.

Ricardo, muita vez, falava. Sugeria que mandassem um feitor. Homem sério, com forças suficientes para reorganizar a fazenda. Mas o velho advogado não concordava. Sinhá-Moça e Rodolfo não deveriam demorar. Eles que resolvessem.

— Dois meses já se foram — murmurava a Senhora Fontes.
— O tempo passa depressa — comentava Ricardo.

E na expectativa da chegada deles, todos esperavam.

Justino, liberto, não quis voltar às bandas de Araruna. Horrorizava-o recordar o que se passara. Pediu a Frei José que o tomasse ao seu serviço. E o bom religioso o aceitou.

Aborrecido com a presença de Justino na terra e com o apoio que lhe dava o frade, o delegado via nisso uma verdadeira provocação, um ultraje à sua pessoa e à sua autoridade. Sua saúde ressentiu-se. Começou a piorar. Tinha longos períodos de desvario e assustava a mulher e o filho, que já não tinham sossego. Muitas vezes, ele, que fora tão orgulhoso, era encontrado em pranto. Depois, caía em letargia que a todos impressionava.

Seu estado de depressão fazia-o crer que todos conspiravam contra ele. As noites, geralmente as passava em claro. Suores frios inundavam-lhe os cabelos, o corpo, e o enfraqueciam cada vez mais.

Justino não se cansava de dizer:

— Podem cridita. Sô delegado tá cum demônio nu corpo... Ninguém sabe direito o qui ele tem... A muié inté já pediu pra Pai Tomais i lá pru mode benzê, mais quar! Nosso Sinhô tá é purgano a arma dele, permero, in vida...

— Deixe de tolices — dizia o pai de Ricardo, que gostava de conversar com o escravo e que, no íntimo, achava certa verdade nas palavras dele.

Uma tarde, ao sair do escritório, Dr. Fontes recebeu emissários de São Paulo trazendo a notícia de que Rodolfo e Sinhá-Moça já estavam de volta e que deviam chegar dentro de alguns dias.

A alvissareira notícia trouxe grande alegria à família Fontes.

– Devemos avisar D. Cândida – disse a mãe de Rodolfo. – Antecipará, dessa forma, os momentos de felicidade que vai ter com o regresso da filha.

– Já mandei, minha mulher. Creio que o portador deve estar chegando a Araruna.

Ao ser informada do regresso do jovem casal, D. Cândida sentiu verdadeira metamorfose em seu coração. Novo ânimo a empolgou, e deu início aos preparativos para receber Sinhá-Moça.

Ordenou a Virgínia que preparasse o quarto grande de casal e que pusesse sobre a cama a colcha de damasco azul. Viera da Itália para as grandes solenidades e estava carinhosamente guardada, entre raízes cheirosas de sândalo, na arca revestida de couro, com iniciais em botões dourados, feitas ainda para o seu enxoval...

– Tá cherosa, D. Cândida! Parece inté que as raiz ainda tão nova, perfumano esta coberta de seda.

– Sim, Virgínia. E não esqueça também dos pelegos brancos em volta da cama.

– Prontei tudo. Agora, vô perpará uns quitute, pru mode quano Sinhá-Moça chegá ficá sastifeita.

Na fazenda, em volta da casa, Bastião também se esforçava para que tudo ficasse em ordem. Estava contente como sabiá solto. Limpava tudo, estacando as flores...

Na cidade, a mesma ventura. A mãe de Rodolfo preparava com todo o carinho a casa que comprara para o filho. A mobília austríaca foi toda envernizada de novo. No espaldar das cadeiras e sofás foram colocadas cobertas trabalhadas em lãs de várias cores.

Candelabros com mangas de cristal da Boêmia e pingentes luzidios como diamantes escondendo artísticos pedestais de bronze foram postos nos aparadores. As vitrinas, mandadas fazer na Bahia com jacarandá de lei, ornamentavam-se de bibelôs franceses de *biscuit*, representando marqueses e marquesinhas a dançar o minueto ou em ternos idílios ouvindo madrigais...

Louças e porcelanas de Sèvres enchiam o guarda-louças. Nas cômodas e nos armários, foram arrumadas pilhas de roupas de linho abertas em delicados crivos.

Enfim, o ninho do jovem casal ficou um verdadeiro encanto.

O Dr. Fontes, que também queria dar sua contribuição, não se cansava de examinar os lampiões belgas, colocando-os por toda a casa para que ficasse bem iluminada.

– Assim – disse Ricardo, que acompanhava curioso toda aquela arrumação – também vou tratar de arranjar uma noiva. Estou ficando com ciúmes. Rodolfo julgar-se-á um príncipe, neste palácio. Quanto a mim... pobrezinho!...

– Não o quero invejoso – retrucou a mãe, fingindo-se zangada. – Meu filho, você é sempre uma criança.

– Não vê que o perde com os seus mimos? – exclamou o Dr. Fontes, olhando o filho.

– Responda com franqueza, meu pai. O senhor mesmo não está com inveja? Repare que luxo! Olhe tudo isto! Só mesmo para Sinhá-Moça... do contrário...

– Era preciso que eu não o conhecesse, meu filho – objetou a mãe, alisando-lhe ternamente os cabelos. – Você, que tanto deseja a felicidade de seu irmão!

– A senhora teve dúvidas de que eu não estivesse gracejando? Pois eu também vou fazer o meu presente. Arranjei um lindo canário-do-reino. Cantador sem rivais. Despertará Sinhá-Moça todas as manhãs com sua melodiosa voz. Mandei Nhô Chico, aquele que recebe tantas encomendas da corte, fazer uma gaiola de taquara que vai ficar uma renda. O velho é um artista nesse gênero de trabalho!

– Pelo que vejo, meu filho, não quer ficar em segundo plano – disse Dr. Fontes, rindo-se para a mulher.

– Naturalmente! Tanto mais que tenho minhas pretensões... Desejo candidatar-me ao título de padrinho do primeiro rebento...

– Interesseiro! – caçoou a mãe.

Nessas intermináveis e encantadoras discussões, as horas se iam passando. Numa tarde clarinha, quando a Lua se punha toda faceira enfeitando o céu, Sinhá-Moça e Rodolfo chegaram numa alegria de colegiais.

Ricardo, que todas as tardes os esperava à janela, gritou ao avistá-los. Mas logo se calou vendo os sinais dos recém-chegados que queriam surpreender os de casa.

Era tarde, no entanto. Dr. Fontes e a esposa, que tomavam chá antes de se recolher, saíram à porta e deram de encontro com os noivos que entravam.

– Isto se faz, senhores fujões? Querendo-nos apanhar distraídos, hein? – exclamou Dr. Fontes, acompanhado pela mulher, que insistia:

– Isto se faz? E se não houvéssemos providenciado tudo para os receber?

– A senhora, minha mãe, esquecer-se de nós? – disse Rodolfo, apertando a Senhora Fontes nos braços e beijando o pai.

— E eu... fico de lado, esquecido, abandonado...

Simulando mágoa, Ricardo atirou-se nos braços do irmão, estreitando-o fortemente.

— Como estão bem-dispostos, meus filhos! – exclamou a Senhora Fontes. – Estes meses na capital lhes fizeram muito bem. Nem parece que foi tão longa a viagem!

— E os Oliveira Franco? – indagou Dr. Fontes.

— São formidáveis! Apesar de idosos, têm espírito de moços. Fizemos ótimas excursões juntos. Creio que a nossa partida os deixou bem tristes....

— Quem não sentiria falta de Sinhá-Moça? – disse Ricardo.

— Você é sempre o mesmo, meu caro cunhado – respondeu-lhe a moça.

— Mas se é a expressão da verdade...

— Ora, Ricardo! Quanta lisonja! Mas falemos de minha mãe. Estou ansiosa para vê-la. Imagino como deve estar sentindo minha ausência.

— Diariamente – interrompeu Dr. Fontes – mando um portador à fazenda pedir notícias. E já tratei de avisá-la da sua chegada.

— Poderíamos seguir amanhã para Araruna, Rodolfo? – pediu Sinhá-Moça, não conseguindo conter as lágrimas e envolvendo o marido num olhar quase de súplica.

— Descansará um dia, primeiro, querida. Não quero que D. Cândida pense que a tratei indevidamente. Promete não ficar zangada comigo?

— Sabe que não – retrucou Sinhá-Moça.

— Tomemos uma chávena de chá. Foi feito agora. Está quentinho e lhe fará bem – insistiu a Senhora Fontes.

— Aposto que estão aflitos para reconhecer o lindo ninho que mamãe preparou – disse Ricardo.

– Você sempre indiscreto, meu filho.

– Perdoe-me, minha mãe! Mas... quem sai aos seus não degenera...

E, voltando-se para o pai:

– Não é verdade que me pareço com o senhor?

– Engraçado! Por que me envolve nas suas questões, Ricardo?

– Não percebe, meu velho, que ele quer arranjar uma desculpa que o justifique?

– Todavia, minha mãe – disse Rodolfo –, agora estamos realmente desejosos de esquecer o chá e correr para nossa casa... Eis o que fez Ricardo!

Vendo que Rodolfo buscava um pretexto para se ir e que àquela hora seria difícil acender fogo e preparar a ceia, Dr. Fontes objetou em tom imperioso:

– Sinhá-Moça deve estar fatigada. O melhor é tomarem conosco algum alimento. Depois nós os acompanharemos...

– Faço o que desejarem – respondeu a jovem.

– Ora, Rodolfo! – disse Ricardo em tom hospitaleiro. – Um bom chazinho, um pouco de pão de ló, são coisas tentadoras...

– Seja feita a sua vontade, meu pai.

E afastando-se com elegância da cadeira, Rodolfo fez Sinhá-Moça sentar-se.

– Garanto que Rodolfo ignora as novidades – disse a Senhora Fontes.

– Que há? – indagou o moço, sentando-se também. – Como vai o delegado? Já se conformou? – insistiu ele, enquanto levava pedacinhos de bolo aos lábios da esposa.

– Conformar-se, um espírito inferior? Ricardo que o diga. Era preciso que tivesse outra formação moral, meu caro – respondeu Dr. Fontes.

– Chegou a adoecer – informou o irmão. – Aliás, quando vocês foram para Piratininga ele já não estava passando muito bem...

– Justino diz – atalhou a Senhora Fontes – que ele está pagando os pecados.

– Justino? – espantou-se Sinhá-Moça, descansando a xícara. – Mas ele está aqui?

– Sim, minha filha. Desde que foi posto em liberdade, ficou trabalhando com Frei José. Era esse o desejo do velho escravo, e o bom religioso fez questão de o atender. Justino é submisso, trabalhador e amigo. Interessa-se também por toda a nossa família. Pergunta sempre por você e por seu marido.

– Gostaria de vê-lo – disse Sinhá-Moça.

– Amanhã, minha mulher, iremos visitar Frei José e veremos Justino.

Notando que o casal já terminara o chá, Ricardo lembrou:

– Creio que agora podemos deixá-los sair...

– Parece-me – disse o pai – que você tem mais pressa do que eles mesmos.

– Vamo-nos valer da iniciativa de Ricardo – falou Rodolfo, envolvendo Sinhá-Moça na capa de *drap* cinzento com refolhos de tafetá *fraise* e despedindo-se dos pais e do mano.

– Que podemos fazer senão concordar? – suspirou a mãe. – Não devemos ser egoístas...

– Amanhã nos veremos – replicou Rodolfo saindo com Sinhá-Moça.

– A noite está fria, cuidado com Sinhá-Moça! – avisou a Senhora Fontes.

– Não há perigo. Iremos depressa.

Afinal chegaram. Rodolfo abriu a porta e carregou Sinhá-Moça.

– Levá-la-ei como a uma princesa, minha querida! Quero fazê-la entrar em nossa casa nos meus braços. Que o seu coração bata perto do meu coração, marcando com tique-taque festivo estas doces emoções. Assim, sentir-me-ei o homem mais ditoso do mundo!

– Rodolfo! – disse Sinhá-Moça, sentindo um certo langor. – Como é bom ser amada, ter alguém que nos faça estremecer de amor.

– Como tudo está bonito! Veja o nosso quarto... – exclamou Rodolfo sem conter a alegria, e mostrando à mulher um bercinho que estava a um canto.

– Já o vi, querido – respondeu Sinhá-Moça, corando e se aproximando para afagar o estofado da caminha de bronze dourado a fogo.

– Foi meu e de Ricardo. Representa para mim um poema de amor e de sacrifício materno. Sim, recorda-me as vigílias de minha mãe sempre incansável, velando o nosso sono, receosa de que não estivéssemos bem.

– E doravante – exclamou Sinhá-Moça – será o escudo da nossa felicidade... O traço de união que nos ligará até depois da própria morte.

– Antevejo neste berço, querida, um menino gorducho, de olhinhos brejeiros, verdes como os seus, com esses tons de mel, olhando para mim, que hei de querê-lo perdidamente. Na sua carne rosada como pétalas de flor verei você mesma, nossa grande paixão...

– Quero que se pareça com você, Rodolfo!

– Não brigaremos por isto, minha encantadora mulher! Ele há de querer nos contentar a ambos. Terá um pouco de cada um.

E acariciando a esposa:

– Muito breve o nosso amor será vida... Desabrochará num lindo corpinho que estremecerá aos nossos afagos, perpetuando-nos no seu sangue, que será a síntese de nós mesmos...

Capítulo XVI

A manhã chegou clarinha como um vestido de primeira comunhão. Faceira como menina em dia de festa. O sol, trêfego, espiou através das casas da cortina. Já os podia despertar e travessamente começou a brincar com as madeixas douradas de Sinhá-Moça que, se espreguiçando, acordou.

Rodolfo ainda dormia gostosamente, refazendo-se da viagem.

Vendo-o tão tranquilo, Sinhá-Moça levantou-se pé ante pé, vestiu o *peignoir* de gaze branca, calçou as chinelas de pelúcia bordada e foi ver se a mucama preparara o café. Agora tinha responsabilidade de dona de casa.

Uma surpresa a esperava. A Senhora Fontes, na cozinha, orientava a velha ama de Rodolfo, que fizera questão de continuar com seu jovem senhor.

– Tão cedo! – exclamou Sinhá-Moça. – Incomodando-se conosco? Que boa mãe!

– Que maior recompensa poderemos receber, minha filha, que ouvir merecidamente tais palavras? Amando-a, Sinhá-Moça, tenho a certeza de que estou conservando o afeto de Rodolfo. E a certeza do seu carinho tranquilizará meu coração. É assim que compreendo o amor materno. O amor exclusivista de certas mães, que as fazem detestar as esposas de seus filhos, nada constrói, Sinhá-Moça.

— Como me sinto feliz ouvindo-a! De hoje em diante chamá-la-ei de mãezinha.

Dirigindo-se à velha Bá, a Senhora Fontes mandou-a servir o chocolate que fumegava e as rosquinhas feitas naquele momento.

— Gostaria de tomar apenas uma xícara de café para esperar Rodolfo. Enquanto espero ficarei me distraindo com este lindo canário. Quem o trouxe, mãezinha?

— É presente de Ricardo. Estava todo contente arranjando a gaiola...

— Que lindo! E como canta! Rodolfo é que vai ficar contente!

Fazendo muxoxos para chamar a atenção do passarinho, tão entretida estava que não percebeu a chegada de Rodolfo. Este beijou-a na nuca, dizendo:

— Você parece uma sílfide! Não senti quando fugiu...

— Sempre o mesmo dorminhoco — observou a mãe.

— Para que acordá-lo? — perguntou Sinhá-Moça.

— Para vir mais depressa gozar a sua companhia.

— Lisonjeira!

— Vamos, vamos, meus filhos. A Bá já está resmungando que o chocolate esfria. Até logo. Seu pai e Ricardo devem estar sentindo a minha falta.

— À tarde passaremos por sua casa, mamãe — assegurou Rodolfo despedindo-se.

— Vamos ver... Não se esqueçam! Bem sei como são vocês...

— Isso não acontecerá. Além disso, precisamos também ir ver Frei José, do contrário ele se aborrecerá conosco.

— Frei José é indulgente e logo os perdoará. Eu sei que o tempo lhes parecerá pouco para apreciar sua casa nova...

– Realmente. Ficou linda! – afirmou Rodolfo, lendo nos olhos da mãe a alegria que lhe causava tal elogio.

– Em troca, nós lhes daremos um presente... régio! Pode ir pensando nas encomendas de tricô e nas roupinhas bordadas.

– Oh, Rodolfo! Com estas palavras você está pondo no meu coração uma aleluia de prazer.

– Mior é vassuncê i pra casa, minha ama. Sô Dotô Rodolfo assim num deixa nem Sinhá-Moça tomá o chocolate...

– Está bem. Até a tarde, meus filhos.

– Vassuncê, sinhazinha, num dá ovido pra seu dotô. Ele tá sempre tagarelano...

– Realmente. Ficou linda! – afirmou Rodolfo. – Serão ciúmes de Sinhá-Moça?

– Credo! Sinhozinho!

A senhora Fontes saiu.

– Queria me vingar de você – exclamou Rodolfo que, sem querer, magoara o coração da velha preta.

– Veja quem está chegando – disse Sinhá-Moça, interrompendo a conversa.

– Vim cumprimentá-los. Mas só agora se levantaram? Ainda tomando o chocolate? Imaginei encontrá-los prontos para irmos juntos visitar Frei José.

– Que ingenuidade, meu irmão! Acordar cedo quando se está tão bem!

– Foi bom que você viesse, Ricardo – disse Sinhá-Moça, querendo deixar o rapaz à vontade. – Quero agradecer-lhe o lindo presente. Procurava me familiarizar com ele quando Rodolfo acordou. Como canta bem!

– Sua generosidade, Sinhá-Moça, me confunde e ao mesmo tempo me faz ficar alegre. Queria oferecer-lhe um presente que se coadunasse com sua delicadeza de alma... E imaginei que um trovador alado deveria lhe agradar. Fará bem ao seu coração de esteta. *A música é o coração da vida. Por ela fala o amor; sem ela não há bem possível, com ela tudo é belo.* Assim dizia Liszt.

– Você está inspirado, Ricardo! Pelo que vejo...

– Não seria nada estranho que eu quisesse seguir o seu exemplo...

– Claro! Só poderíamos nos rejubilar! Não acha, Sinhá-Moça?

– Que grande marido seria Ricardo! Se eu tivesse uma irmã trataria de conquistá-lo para ela...

– Fico-lhe muito obrigado pelos cumprimentos. Por enquanto não tenho candidata. E, a propósito, mamãe ontem ficou tão contente! Cheia de reservas, falando nos ouvidos de papai! Vi-os como pombos, arrulhando... Fiquei desconfiado. Sabem de alguma novidade?

– Como vai o delegado? – perguntou Rodolfo mudando de conversa.

– Esta noite o Dr. Moreira foi chamado às pressas. Soubemos pelo filho, que se encontrou com papai.

– Pobre homem! Vive numa agonia lenta!

– E ainda levará tempo pagando seus pecados. Nem gosto de pensar! Lembra-se dos castigos que impunha aos escravos? Daquelas pocilgas que visitamos?

– Mudemos de assunto – pediu Sinhá-Moça, convidando Ricardo a sentar-se. – Falemos de coisas alegres. A vida, sem que o desejemos, nos traz a todo instante tantas tristezas!

– Você tem razão, minha, mulher. Mas estou certo de que para nós a existência será sempre pródiga e generosa.

– Oxalá que assim seja, meu amor.

– Parece que sou demais aqui – disse Ricardo, brincando com o canário que se voltava para Sinhá-Moça, como a querer admirá-la.

– Dentro em pouco já não pensará dessa forma. Existirão aqui responsabilidades que exigirão a sua presença...

– Ora, Rodolfo! – exclamou Sinhá-Moça.

– Que me diz?

– Apenas que é bem capaz de se transformar num... titio! – disse Rodolfo, rindo.

– A notícia me faz muito feliz. E desde já agradeço me julgarem digno de auxiliar ao nosso...

Vendo que Sinhá-Moça ficara séria e não a querendo molestar, Ricardo despediu-se e saiu.

– Nós o veremos à tarde – disse Rodolfo.

– Ficarei à espera – respondeu Ricardo. E saiu cantarolando, a imaginar o futuro sobrinho, um peralta que lhe haveria de fazer mil perguntas, tudo querendo saber. Assim, nem percebeu que já passara pelo escritório do pai.

– Olá, Ricardo! Não vem trabalhar hoje?...

– Caminhava entregue aos meus pensamentos...

– Está ficando assim distraído? – indagou rindo Dr. Fontes.

– Não julgue mal, meu pai. São coisas bem diferentes. Rememorava, com prazer para meu coração, certas palavras de Rodolfo.

– Confesso-lhe, meu filho, que desde o momento em que sua mãe me disse a novidade, senti-me tão feliz que não posso pensar em mais nada. Falando de coisas mais imediatas, Ricardo, acaba de sair daqui o filho do delegado. Veio procurar-me para ir ver o pai. Disse-me que é impressionante o seu estado. Então eu me pus a refletir: eis aí uma lição que deveria ser lembrada como exemplo a todos aqueles que vivem sob a influência da vaidade, da tirania.

— Tem razão, meu pai. A vida se nos apresenta como um livro aberto que deve ser meditado e seguido. Os homens, entretanto, em sua maioria, não o procuram ler. Mas deixemos esses assuntos tristes. Adivinho como deve estar contente com a perspectiva de vir a ser avô.

— Queira Deus que tudo corra bem e que Sinhá-Moça seja feliz!

— A meu ver, Rodolfo devia ir logo a Araruna e convencer D. Cândida da necessidade de vender a fazenda. O filho é muito pequeno. É inútil pensar que possa dirigir os negócios da mãe. Vindo para cá, D. Cândida terá a companhia de Sinhá-Moça. Além disso, dentro de alguns meses a filha terá necessidade dela...

— Você tem toda razão, mesmo porque Sinhá-Moça não deve ficar fazendo viagens repetidas. Bem, filho, vamos para casa.

— Vamos andando, pai?

— Que pontualidade! — exclamou a Senhora Fontes, que já andava às voltas com a mesa do almoço.

— Saudades, minha velha — replicou Dr. Fontes, abraçando-a.

— Saudades? — indagou a Senhora Fontes, fazendo-se incrédula.

— Ou... quem sabe — falou Ricardo fitando o pai — a esperança de encontrar um novo casal?

— Ora — disse o velho advogado —, você a querer me indispor com sua mãe!

— Não foi essa a minha intenção. Mas diga a verdade: não esperava encontrá-los?

— Não fuja ao assunto, Ricardo. Isso é outra coisa. E além do mais não impediria que eu desejasse rever mais depressa uma encantadora futura avó.

— Sempre galanteador – disse rindo a mãe de Ricardo, guardando na cesta de costuras um sapatinho de tricô que começara.

Percebendo-o, disse o Dr. Fontes:

— Tão depressa?

— Ora, meu pai... As coisas estão saindo melhores do que as encomendas.

— Deixe de brincadeiras, Ricardo. Vamos almoçar. Sinhá-Moça e Rodolfo não vêm. Mandaram avisar... – disse a senhora, enrubescendo como uma menina.

— Não me resta senão cumprir suas ordens – exclamou Ricardo, fazendo-lhe uma reverência.

— Você não cria juízo, meu filho? Até quando gostará de brincar?

— Nesse caminho – asseverou Dr. Fontes –, nosso neto encontrará nele um concorrente...

— Não me restam mais dúvidas. Passei mesmo para o segundo plano. Já nem posso mais ser folgazão!

— Seu pai está gracejando – apressou-se em dizer a mãe, imaginando que o filho se contristasse com as palavras do advogado. – Deixemos de criancices. Falemos a sério! Você esteve hoje em casa de Rodolfo e Sinhá-Moça?

— Passei por lá. Estavam tão entretidos que resolvi deixá-los. Creio que à tarde irão visitar Frei José.

Capítulo XVII

— Por que não me chamou, querido? Deixou-me dormir tanto... Queria, logo depois do almoço, ir à casa de Frei José... e o tempo passou! – disse Sinhá-Moça, estendendo com graça os braços preguiçosos nas almofadas de cambraia e deixando entrever os seios redondos e bonitos no decote da camisola de rendas.

— É simples – replicou Rodolfo, acariciando as madeixas de Sinhá-Moça, que marchetavam de ouro o travesseiro. – Agora, a futura mamãe vai se preparar muito calmamente e, em companhia de seu digno marido, vai fazer a desejada visita! São apenas quatro horas, há muito tempo. Depois, iremos jantar com meus pais.

— Belo programa, se o pudéssemos cumprir sem atrasar nossa ida à fazenda. Você sabe que não ficarei tranquila enquanto não for ver mamãe e Luís.

— Não se aflija, querida. Tudo sairá ao seu contento. O que não quero é que se aborreça. Nosso filho viria um menino zangado – disse rindo Rodolfo.

— Ora, meu marido. Não pensa em mais nada?

— Como seria possível? – indagou Rodolfo, beijando apaixonadamente a mulher.

Sinhá-Moça não respondeu. Sentou-se na cama, calçou as sandálias e, estendendo os braços a Rodolfo, que a ajudou levantar-se, deu início à *toilette*.

Observando-a, disse o marido:

– Sinto-me cada vez mais enamorado. As linhas do seu corpo estão mais bem delineadas, mais firmes... Seus olhos têm um novo brilho. Uma luz diferente os alumia. Estas olheiras roxas feitas pelo amor a tornam mais mulher, mais sedutora! Amo-a cada vez mais!

– Não perde o costume de galantear? – perguntou a moça, acabando de se vestir e sentindo certo langor nas palavras do amado.

– É proibido dizer a verdade?

– Vamos, Rodolfo. Frei José há de estar pensando que já o esquecemos...

Pelo caminho, foram fazendo castelos. Rodolfo achava que o mais acertado era mudarem para São Paulo, onde teriam mais futuro. Já era tempo de começarem a pensar em alguém que exigiria grandes sacrifícios. Um pouco contristada, ponderava Sinhá-Moça que não gostaria de deixar a mãe e o irmão.

– Pois adiemos os nossos planos, querida. Vamos esperar primeiro a chegada de nosso filho. Quando você estiver forte, cogitaremos. Penso, entretanto, que você deveria induzir sua mãe a vender a fazenda. A vida lá é muito isolada, e sem muita energia não se pode administrar uma propriedade. A princípio, talvez ela venha a estranhar a mudança. É natural, viveu sempre em Araruna. Mas a vinda do neto encherá o vazio do seu coração.

– Concordo com você – suspirou Sinhá-Moça, relembrando as cenas passadas na casa-grande.

Tão absortos estavam, que chegaram sem o perceber. Frei José, que os esperava à porta, foi logo dizendo:

– Bem-vindos sejam, meus filhos! Como estão bem-dispostos! Nem se acredita que fizeram uma viagem tão longa e exaustiva! Que me conta, Rodolfo? Entremos. Sentem-se. Vou mandar buscar um excelente refresco. Justino acaba de prepará-lo.

– Ah! Justino! – exclamou Sinhá-Moça.

– Já sabia que ele estava trabalhando aqui?

– Soubemos ontem pela mamãezinha.

– O senhor foi generoso com o pobre escravo – atalhou Rodolfo. – Mas não recordemos tristezas. Devemos pensar apenas em coisas alegres, tanto mais que...

– Que significam tais reticências? Alguma novidade já vem por aí? Muito bem. Folgo muito e espero poder... batizá-lo.

– O senhor percebe tudo de longe – disse Rodolfo, satisfeito por ter conseguido contar indiretamente ao sacerdote seu precioso segredo.

– Vou providenciar o refresco e depois ouvirei as novidades que me trazem da capital – exclamou o frade, levantando-se.

– Preferimos o prazer da sua companhia – falou Sinhá-Moça. – Não nos podemos demorar.

– É só um instante, meus filhos. Quero também apresentar-lhes meu ótimo copeiro.

E gritando para dentro:

– Justino!

O escravo veio correndo do fundo da chácara, limpando as mãos calosas nas calças de algodão e mostrando num riso amável os brancos dentes.

– Seu avereno tá chamando?

– Sim, Justino. Chamei-o para servir a dois bons amigos que acabam de chegar. Adivinhe quem são.

Ouvindo a voz de Sinhá-Moça na sala, o negro percebeu de quem se tratava. Deixando cair pesadamente os braços ao longo das pernas que tremiam de emoção, os olhos rasos de lágrimas, lembrou-se num segundo das cenas horríveis da fazenda, e respondeu:

– Num tenho corage di aparecê pra Sinhá-Moça. Ela num vai querê vê o negro, seu revereno... Magina qui sô ruim taliquá cobra...

– Ora, Justino! Então já se esqueceu do coração de Sinhá-Moça? Veja a bandeja de prata, forre com um guardanapo de linho e sirva o refresco de uva que você fez.

– Assim fico mais contente... Tô aqui pra obedecê Vossa Reverenda...

Frei José voltou à sala e se pôs a conversar. Falou sobre D. Cândida e sobre Luís. Contou depois que o delegado estava muito mal e o mandara chamar.

Na cozinha, Justino preparava tudo para servir sua doce sinhazinha.

– Então o homem está para morrer? – indagou Rodolfo. – Tanto orgulho, tanta bazófia, para ter um fim tão trágico! Sim, porque o Dr. Moreira afirmou a meu pai que ele levou uma queda horrível que lhe afetou o cérebro. Se vier a uremia, não terá muitos dias de vida...

– Suns Cristo! – exclamou Justino entrando, muito limpo, a carapinha penteada. A bandeja lhe tremia nas mãos quando ofereceu um copo a Sinhá-Moça.

– Como vai, Justino? – indagaram os jovens.

– Viveno na sombra de seu revereno, qui tem pena dus infeliz!

– Dê-me também um refresco – exclamou Rodolfo. – Só Sinhá-Moça tem direito?

— E eu? – perguntou Frei José, querendo obrigar Justino a conversar.

— Descurpe... Tava pensano que Sinhá-Moça pudia num querê bençoá mais o negro. Inté mi esquici di vassunceis.

— Já lhe disse que deixe de tolices – replicou o frade.

Sinhá-Moça compreendeu a dor do velho negro e o fitou com seu olhar terno e bondoso.

— Frei José tem razão. Gosto de você sinceramente. Não guardo rancores e creio nos seus elevados sentimentos. Você nunca teve um espírito mesquinho. Os sofrimentos de Fulgêncio é que o tornaram um revoltado... Nunca o perdi de vista, Justino! Sei qual tem sido o seu procedimento e tenho a certeza de que sofre o remorso dos seus antigos impulsos.

— Nosso Sinhô bençoe vassuncê, sinhazinha – disse o negro, enquanto as lágrimas corriam por suas faces de ébano. – E qui nunca se desingane cum nóis...

Achando a cena demasiado dolorosa para Sinhá-Moça, Frei José ordenou a Justino que fosse.

— Cum licença di vassunceis – disse o negro desaparecendo.

— Nós também já nos vamos, Frei José – disse Rodolfo.

— Amanhã vamos para a fazenda. Deseja alguma coisa de lá? – perguntou Sinhá-Moça.

— Que voltem depressa. E, a propósito, por que não trazem D. Cândida definitivamente para cá?

— Já pensamos nisso – disse Rodolfo.

Despedindo-se mais uma vez do frade, puseram-se a caminho. Enquanto andavam, Rodolfo ia tecendo elogios à esposa:

— Estou cada vez mais orgulhoso de minha mulher! Considero-me o homem mais venturoso do mundo! Tão calada! Não concorda comigo?

– Não me sinto muito bem, Rodolfo.

– Por que não disse logo? Poderíamos ter voltado para casa.

– Sua mãe ficaria triste. E lá também poderei repousar.

– Minha mãe! – gritou para dentro Ricardo – Adivinhe quem vem chegando!

Saindo à janela, a Senhora Fontes notou o ar cansado de Sinhá-Moça. Preocupada, foi esperá-los à porta.

– Que está sentindo, minha filha?

– A presença de Justino emocionou-a – disse Rodolfo. – Seria melhor que não o tivesse visto.

– Que tolice, Rodolfo! Não foi isso. A viagem já me havia cansado um pouco.

– Venha comigo, Sinhá-Moça – disse a Senhora Fontes. – Vai deitar-se um pouco e logo estará boa.

– Acho que será imprudência vocês seguirem amanhã para a fazenda, meu filho – disse o Dr. Fontes. – É melhor que você vá sozinho.

– Mas, meu pai, Sinhá-Moça não suportaria a minha ausência.

– Ficará em nossa companhia.

– Vou pensar nisso – disse Rodolfo, passando as mãos pelos cabelos.

– Compreendo seu estado de nervos, Rodolfo. Agora você poderá dar valor às lutas e preocupações que nos causaram quando pequeninos...

– Realmente – replicou o moço acercando-se da mãe, que entrava no quarto levando uma botija de água quente e o chá para Sinhá-Moça. – Quero ajudá-la. Dê-me o mais pesado.

– Se você deseja...

Seguida do filho, entrou no quarto onde Sinhá-Moça repousava, parecendo adormecida.

O rapaz aproximou-se pé ante pé, com receio de acordá-la. Afagou-lhe a cabeça querida e esperou que ela dissesse alguma coisa.

Sinhá-Moça descerrou os olhos e fitou carinhosamente o marido.

– Por que não vão jantar? Vejo que estou perturbando a ordem da casa.

– Ora, que ideia! Poderíamos estar tranquilos, sabendo-a doente?

– Não é nada, querido. Já me sinto bem e amanhã poderemos viajar...

Olhando para a mãe e sorrindo condescendentemente para a mulher, Rodolfo respondeu:

– Depois conversaremos, minha corajosa.

Capítulo XVIII

O céu amanheceu juncado de violetas luminosas, mas tristes. Gotas de chuva como lágrimas de corações arrependidos caíam sobre a terra.

O Dr. Fontes, nessa manhã aquosa, foi chamado às pressas pela família do delegado. Ele morrera na paz do Senhor, como mandara dizer a viúva.

Ao receber o bilhete, disse à esposa:

– A glória de um verdadeiro sacerdote cristão é muito grande quando ele consegue lançar numa alma incrédula e rebelde o gérmen da Fé e da Virtude. Quem imaginaria essa mudança na alma daquele pobre homem? Leia este bilhete que eu acabo de receber...

A Senhora Fontes tomou o papel e leu-o.

– É edificante – exclamou ela. – Imagino a surpresa de Rodolfo quando regressar!

– E Sinhá-Moça, minha velha? Está mais conformada com a demora do marido em Araruna? Dormiu melhor esta noite?

– Acho-a muito nervosa. Tudo a assusta, tudo a incomoda. Está sempre preocupada com a mãe e o irmão.

– Mas isso é próprio do seu estado. Com a chegada de D. Cândida, tornar-se-á mais calma.

– Deus permita. Quero um neto robusto e alegre...

Ricardo entrou espreguiçando-se.

– Sempre a falar no neto!

Dr. Fontes mostrou-se grave:

– Escute, Ricardo. Deixemos de brincadeiras. Sabe você o que aconteceu? O delegado faleceu ontem à noite.

– Está aí uma notícia que eu não esperava. Não acha, meu pai, que foi melhor para ele? Sofreu muito. Naturalmente, conseguiu perdão para seus pecados.

– Não há dúvida.

– Fontes, deixe-o ler o bilhete que você recebeu.

Ricardo passou os olhos pelo papel, ficou sério e disse:

– Só o sublime espírito de Frei José consegue coisas como esta!

– Isso é tão raro hoje em dia... O egoísmo, gritando em todas as almas, já não lhes permite fazer alguma coisa por seus semelhantes.

– Papai tem razão. A espiritualidade da vida retirou-se. Não encontra mais guarida nos corações. Atualmente, a existência é feita apenas de exterioridades. O corpo se agita, luta, em busca somente de coisas materiais. O tempo, sempre ocupado em assuntos grosseiros, não permite o predomínio do espiritual.

A conversa prolongou-se nesse tom. Depois, Dr. Fontes apanhou o chapéu e saiu.

Ao chegar à casa do delegado, teve uma surpresa. O advogado poderia esperar tudo, menos o quadro que se lhe deparou à entrada: ajoelhado num canto da sala, estava um preto rezando. E quem havia de ser ele? Justino!

– Justino! – exclamou o recém-chegado, chamando involuntariamente a atenção dos presentes com a sua exclamação.

O escravo levantou para ele os olhos e disse:

– Pois é assim, seu dotô. Só quem não querdita em Deus não sabe perdoá!

Notando a presença de Dr. Fontes, o filho do delegado levou-o para o quarto mortuário, para que ele apresentasse as condolências à viúva.

– Pobre de meu marido! – gemeu ela. – Eu tanto quis que ele seguisse os seus conselhos. Mas ninguém conseguiu convencê-lo. Era obstinado. Mas, na hora da morte, tocado pela graça divina, pediu que chamássemos Justino. Desejava que o negro o perdoasse. E isso foi feito.

Dizendo estas palavras comoventes, a viúva passava as mãos carinhosas pelo rosto de cera do morto.

– Não se torture tanto, minha senhora! – pediu o Dr. Fontes, constrangido por aquela cena.

Ali esteve entre as pessoas que tinham ido ver o delegado pela última vez. À hora derradeira, quando os íntimos se movimentavam para fechar o caixão, ele se afastou encaminhando-se para perto de Frei José. Apertou-lhe a mão, em silêncio. Depois, a meia-voz:

– Em conversa com Ricardo, chegamos à conclusão de que foi uma vitória para o espírito o arrependimento dessa alma.

– Tem razão, meu amigo.

– E o herói dessa façanha, o senhor saberá dizer-me quem é?

– A consciência dele. Foi ela que venceu a matéria.

– Não foi ela apenas. Quem muito fez para isso foi alguém de uma modéstia incrível…

– Quem? – perguntou o frade.

– Frei José! – afirmou o Dr. Fontes.

– Não concordo com suas palavras, meu amigo. Somente Deus agiu nesse caso. Ele, na sua imensa misericórdia, quis elevar, dignificar o pobre homem. E o fez chamar Justino. Com o nobre exemplo que ele deixa, os homens errados, que ficam, conseguem ver melhor a sua insignificância no mundo material. Tudo o que for edificado sobre tais alicerces terá um dia de ruir. O preto, que ele julgava uma "coisa", sem alma nem sentimentos, foi aquele a quem chamou na hora da morte para, com o seu perdão, alcançar a absolvição.

– Surpresas do destino.

– Justiça de Deus.

Vendo que o féretro ia partir, Dr. Fontes pegou no braço de Frei José e os dois se afastaram, para dar passagem. Depois, tomaram parte no cortejo, até o cemitério, levando com eles o menino que ficara órfão. Quando regressou à sua casa, o Dr. Fontes estava abatido, sem ânimo para dizer uma palavra. Sentou-se numa cadeira e ali ficou.

– Que é isso, meu velho? – perguntou a esposa.

– Nada. Não me sinto bem. Essas emoções já não são para mim. Você também, se fosse ao enterro, ficaria como eu me sinto agora. Os anos vão passando, as vicissitudes se tornam mais vivas, menos indulgentes...

– Na verdade, somos quase avós. Mas daí vai muito para que eu me sinta envelhecida... – e mirou-se no espelho da chapeleira, que lhe ficava próximo.

– Vaidosa!

– Você não me prefere assim?

– Naturalmente. Tanto mais que o seu espírito continua a ter vinte anos. E agora, poderia fazer-me um chazinho?

– Num instante. Mas primeiro fale-me sobre o delegado...

– Não. Depois do chá...

– Está bem.

E a Senhora Fontes lá se foi, depressa, pelo corredor.

Dali a pouco, Sinhá-Moça entrou na sala.

– O senhor está aí, Dr. Fontes? Vim cumprimentá-lo.

– Obrigado, minha filha. E você, como vai? Imagino como deve sentir-se ansiosa pela chegada de Rodolfo!

– E de minha mãe. Meu desejo é que ela chegue o quanto antes. Estive construindo uns castelos... Mandaremos Luís para o colégio dos jesuítas e reteremos mamãe para sempre em nossa companhia.

– Acho que pensa muito bem. Sua mãe nunca encontrou sossego. A vida foi-lhe sempre hostil e acidentada. É razoável que tenha um pouco de tranquilidade, sem outras preocupações que não sejam as do... neto!

Sinhá-Moça sorriu. Depois, mostrou ao Dr. Fontes a touquinha de cambraia que estava bordando:

– Pelo jeito, seu neto vai dar que fazer!

Curioso, o advogado pediu-lhe a peça do enxoval em que estava trabalhando. Sinhá-Moça achou graça e satisfez-lhe a vontade. A Senhora Fontes, que chegava com a bandeja de chá, viu o marido absorto na contemplação da touca e lhe disse:

– Sim, senhor! Um grande homem inteiramente dominado por um pedacinho de cambraia!

– Tudo isso é ciúme, minha velha?

– Pretensioso! – respondeu a mulher a rir. – Fui eu que iniciei o trabalho. Se duvidar, pergunte a Sinhá-Moça.

– Muito bem, muito bem – conveio o Dr. Fontes, olhando de soslaio para a nora, que não podia conter o riso ouvindo a discussão dos dois velhos.

– Agora, tome o chá, querido...

– Você deseja é que eu lhe conte o caso do...

– É isso mesmo.

– Pois creiam, lá vi coisas que jamais poderia esperar!

– Como? – indagaram as duas mulheres.

O advogado ficou ainda em silêncio; não sabia como principiar.

– Conte logo, Fontes! Para que nos quer matar de curiosidade?

– Eu adivinho – disse Sinhá-Moça. – Ele, à hora derradeira, acusou o juiz e o presidente da província como responsáveis pela sua morte. Não foi isso mesmo que se deu?

– E nisso, por acaso, haverá alguma surpresa?

– Não quero alongar-me em pormenores. Apenas direi que o delegado, ao sentir-se morrer, pediu a presença de Justino.

– Para insultá-lo? – perguntou a Senhora Fontes.

– Não. Para pedir-lhe perdão.

As duas mulheres mostravam-se incrédulas. Foi preciso que o Dr. Fontes dissesse, com a gravidade habitual:

– Não há a menor dúvida. Frei José contou-me que foi uma cena de verdadeira edificação para todos os que a assistiram.

– Deus Nosso Senhor seja louvado pela Sua imensa misericórdia! – exclamou Sinhá-Moça, ajeitando os pés cansados no banquinho que lhe ficava próximo.

Depois, absorta num pensamento:

– Rodolfo é que vai ficar contente...

Capítulo XIX

Os dias, compridos e iguais, foram passando sem que Rodolfo tivesse podido regressar. Embora as notícias dele chegassem diárias, Sinhá-Moça sentia-se preocupada. Desejava-o ali perto, acompanhando os trabalhos divinos da maternidade.

O sono já não lhe era tão calmo, tão sossegado. Algumas vezes, acordava com falta de ar. O corpo doía-lhe muito... Com as vigílias, mostrava-se abatida; um cansaço pesado atormentava-a incessantemente.

Acabou por escrever ao marido pedindo-lhe que trouxesse D. Cândida e deixasse os negócios para depois. Sentia necessidade de tê-lo junto a si, seguindo todos os minutos de sua abençoada maternidade.

Uma tarde, numa bela surpresa, Rodolfo entrou pela porta adentro.

Sinhá-Moça descansava à sombra benfazeja de uma laranjeira. Ela gostava de passar horas ao ar livre admirando o cenário da natureza sempre em festa. E, assim, ali ficava horas esquecida, vendo a abelha que pousava na flor, a folha que estremecia ao beijo das virações, ouvindo o trilar dos grilos ou o gorjear melancólico de um sabiá. Tudo isso era para ela motivo de satisfação.

Sentia que nesse quadro natural o fruto de suas entranhas se desenvolvia num ímpeto de vida. Desejava que o delicado ser em formação participasse daquela harmonia, daquela beleza que entrava pelos olhos e cantava no coração. Sim, porque Sinhá-Moça sentia o amor, a paixão, como se sente uma grande beleza espiritual, que nos alumia, que nos impregna de qualquer coisa de azul. Ela não se entregava ao amor como tantos outros. Para ela, a aproximação de dois seres representava a própria beleza na sua mais alta expressão.

Sinhá-Moça pensava nessas coisas quando Rodolfo surgiu na porta do quintal. Ele ficou parado, a contemplá-la. Depois correu até ela, dizendo:

– Estou com ciúmes dessas flores e dessas borboletas!

A jovem esposa levantou os olhos, riu e fez menção de levantar-se.

– Não se levante daí.

Ela sorria.

– Ah! Rodolfo! Se os homens soubessem o que custaram a suas mães!

– Está por pouco... Quando *ele* chegar, você já terá esquecido tudo isso. As mães sabem esquecer-se, como sabem lembrar-se. Ouvindo o vagido do filho, apertando-o junto ao seio, o sacrifício é dado por bem pago, por divinamente pago. Dê-me o seu braço. Vamos para dentro. D. Cândida deve estar aflita, à sua espera.

– Que bom, Rodolfo! Mas por que motivo você demorou tanto para voltar?

– Coisas imprevistas. O presidente da província, sabendo que eu estava em Araruna, mandou um seu parente propor a compra da fazenda. Ele, disse o mensageiro, sabia que a fazenda era ótima. Magnífico cafezal, bons pastos, águas de primeira. Até sobre o rio Arari ele falou. Depois, veio a oferta, por sinal bem vantajosa para sua mãe... Conversei com D. Cândida e fiz a contraproposta, que foi aceita. Como não era nossa intenção deixar sua mãe sozinha, ela se preocupa muito com você, com o nosso filho... resolvemos fechar o negócio, o que foi feito ontem mesmo. Diante disso, tivemos de esperar a chegada do representante do presidente da província; recebemos o sinal e tudo ficou assentado. As últimas formalidades serão levadas a efeito aqui. Assim é melhor, para que meu pai, que se especializou na matéria, possa assistir de perto à transação.

– Foi melhor assim. Se havia em Araruna recordações amáveis, como o nosso encontro, o nosso noivado, os idílios naquele jardim marchetado de flores e por último o nosso casamento, havia também aqueles quadros espantosos que eu prefiro esquecer, para sempre. Eu não gostaria, Rodolfo, que o nosso menino...

– Menino, Sinhá-Moça? Você tem certeza disso?

Rodolfo amparou-a docemente e os dois subiram a escada do quintal. Ela mostrou-se fatigada, mas assim mesmo falou:

– É. No entanto, se não for também não faz mal. Mas... como estava dizendo, eu não gostaria que... brincasse naqueles lugares.

D. Cândida vinha pelo corredor. Estava afogueada pela viagem. Ao ver a filha, atirou-se nos seus braços.

– Já ia buscá-los! Que conversa comprida foi essa?

– Ah, minha mãe! Não deve esquecer-se de que eu já não sou aquela esbelta menina...

D. Cândida ficou penalizada. Levou a filha para a sala de jantar, fê-la descansar numa cadeira de balanço e, puxando um tamborete para perto, iniciou as suas confidências:

— Sabe? Estou encantada com Rodolfo. Agora estou certa de que tenho mais um filho...

Virgínia aproximou-se, botando a sua colher torta na conversa.

— Pois é verdade, mermu! Vassuncê, sinhazinha, vai sê feliz! Nosso Sinhô há de premiá, mandando um sinhozinho, taliquá uma frô de buniteza!

Sinhá-Moça convenceu-se.

— Minha querida Virgínia, eu sei que as suas profecias não falham. Por isso, essas palavras me deixam tão contente...

A Senhora Fontes veio lá de dentro, com os filhos.

— Por que não vêm ter conosco?

— A conversa aqui estava muito animada... – disse Rodolfo.

— Está bem. Mas Sinhá-Moça não deve fatigar-se.

— Minha mãe tem razão...

E, dizendo isso, estirou os braços para carregar Sinhá-Moça, mas a jovem se opôs, mostrando susto.

— Não se esqueça, Rodolfo, de que o nosso filho é muito cheio de vontades. Vai ser o mandão desta casa.

— Já? Tão prepotente? Não o eduque tão mal, minha mulher!

Ricardo espetou para o céu o fura-bolos e sentenciou:

— Em pequenino é que se torce o pepino!

— Indiscreto! – ralhou Sinhá-Moça. E todos riram.

— Penitencio-me da falta, minha cara senhora... – respondeu o rapaz, que não perdia o seu jeitão de menino levado da breca.

A Senhora Fontes interveio:

— E havia de ser você, Ricardo, o representante do bom senso nesta casa? Estou certa de que você será o primeiro a estragar a educação de meu neto, fazendo-lhe todas as vontades...

– Ora, isso que a senhora está dizendo não passa de uma hipótese!

– Veremos, veremos...

Sinhá-Moça manifestou grande alegria. E exclamou:

– Olhem quem vem aí!

Todos se voltaram para a porta do corredor. Luís entrou com o cachorro Fiel pela coleira. Ao ver-se alvo de tanta curiosidade, mostrou-se acanhado. E para disfarçar atirou-se nos braços da irmã.

– Ih, Sinhá-Moça, como você está bonita!

– Bobinho! Você não sabe que, a quem ama, o feio bonito lhe parece? – e beijou-o carinhosamente.

– O Luís está dizendo a verdade! – exclamou Rodolfo.

– Quando é que você vai criar juízo, meu marido?

Depois, enquanto todos conversavam, Sinhá-Moça levantou-se e levou a mãe para seu quarto.

– Venha ver o enxovalzinho.

Rodolfo, porém, estava vigilante.

– Ora, Sinhá-Moça! Há tempo para isso. Sua mãe vai ficar conosco. Agora você deveria repousar um pouco.

– Pois eu fico aqui, com o Dr. Fontes e o Fiel... – exclamou Luís.

D. Cândida sentiu-se aborrecida.

– Que liberdades são essas, menino? Quem lhe permitiu falar nesse tom?

– Foi o próprio Dr. Fontes, na fazenda, por ocasião do casamento de Sinhá-Moça.

A Senhora Fontes achou graça naquilo.

– Ele tem razão. Meu marido prometeu. E promessa é dívida.

Sinhá-Moça voltou-se da porta.

– Vá brincar, Luís. Você já esteve no quintal? Pois lá tem muito que ver.

– Quero ver as roupinhas do senhor meu neto!

– A mãezinha – segredou Sinhá-Moça, olhando afetuosamente para a Senhora Fontes – fez as mantas e as bordou. Não estão lindas?

– Eu também fiz alguma coisa para ele. Virgínia, venha abrir o baú!

Virgínia, sentindo-se feliz em receber essa ordem que lhe permitia admirar os mimos que D. Cândida trouxera para sinhozinho, foi logo abrir o baú de lata, com uma rosa na tampa. E, com muito cuidado, começou a tirar as peças, embrulhadas em papel de seda, trescalante a alfazema e a raízes cheirosas. Colocava-as no colo de D. Cândida que, apressadamente, as abria.

Sinhá-Moça era toda olhos. Aguardava a surpresa com alvoroço de uma menina a quem se prometeu boneca vistosa. Do embrulho começaram a surgir sapatinhos de lã, azuis como não-te-esqueças-de-mim, róseos como as faces de recém-nascidos, alvos como pompons de pó de arroz. Sapatinhos enfeitados de linha de seda e de rosinhas rococó. Um dilúvio, um mundaréu de coisas bonitas e delicadas!

Rodolfo e a mulher seguravam as peças feitas para o filho. Faziam-no com tanta doçura, com tanto encantamento, como se fosse um pouquinho deles mesmos que estivessem sentindo nas mãos.

A Senhora Fontes, examinando atentamente aquelas joias de seda e lã, elogiava a perfeição do trabalho.

— Lã francesa? — perguntou ela.

— Sim, senhora... — respondeu D. Cândida, com uma pontinha de vaidade. — Fora Frei José quem, por nímia gentileza, mandara buscá-la na Bahia, numa casa que recebia esses artigos diretamente de Paris.

— Até Frei José! — exclamou Ricardo. — O menino vem mesmo como príncipe.

Dr. Fontes apareceu à porta e se pôs a rir.

— Que falatório, santo Deus! De longe a gente ouve a conversa animada de vocês! Que há de novo por aqui? Temos festa?

Só então viu D. Cândida. Dirigiu-se a ela:

— Agora compreendo a razão de toda esta alegria. A senhora fez boa viagem? Quando chegou? E você, Luís?

O advogado abriu os braços e o menino atirou-se neles, dando expansão a uma alegria incontida:

— Vim para morar com o senhor. Mamãe irá para casa com Sinhá-Moça e o nenê. Mas eu fico.

— Ótimo, Luís — disse Dr. Fontes, achando graça na espontaneidade do menino.

As conversas prosseguiam animadas. Rodolfo chamou o pai para um canto e explicou-lhe pormenorizadamente o negócio que havia fechado e que era a venda da fazenda Araruna. O Dr. Fontes fez-lhe algumas perguntas e diante das respostas do filho achou que a transação tinha sido ótima.

Virgínia e Bastião seguiram para a casa de Sinhá-Moça. Lá estava a velha Bá, que arranjara tudo com esmero para receber os queridos hóspedes. Ela sabia que, agradando a D. Cândida e Luís, alegrava o coração de Sinhá-Moça.

— Louvado seja Nosso Sinhô! Tô adivinhano que meceis tão chegano da casa-grande pru mode não dexá a famia. Seu dotô contô que iam vendê a fazenda...

— É mermo. Nóis não deixemo D. Cândida – disse Virgínia, com assentimento de Bastião que, enquanto ela falava, foi acenando afirmativamente com a cabeça.

E, numa familiaridade de velhos amigos, dispuseram as coisas nos lugares determinados pela velha Bá, que não cessava de elogiar a mulher de seu Doutor Rodolfo, seu filho de criação, no que Virgínia e Bastião concordaram com certo orgulho.

Depois de tudo posto em ordem, indagou a velha preta:

— Você sabe, Nhá Virgínia, se Sinhá-Moça se muda hoje pra cá?

— Magino inté que num demora. Agora, com D. Cândida, o mior é num saí mais dus seus cômodo.

— Eu tamém penso ansim.

Bastião, que chegou à janela, deu o alarme:

— Estão chegano! Estão chegano! – e se pôs a esfregar as mãos numa grande alegria.

Lá fora, Sinhá-Moça cumprimentou o escravo:

— Olá, Bastião! Você também veio?

— Como não havia de vim, sinhazinha?

— Mas *ele* vai demorar ainda – disse Rodolfo, a rir.

— Seu dotô tá inganado. Tia Virgínia agarante que ele não passa desta lua...

— E Virgínia não se engana nas suas predições... – falou Sinhá-Moça, em voz alta para que a mucama a ouvisse.

E todos entraram. Sinhá-Moça, fatigada, sentou-se logo numa cadeira de braços. Virgínia sentiu a falta de sinhá-velha e perguntou:

— D. Cândida não vem?

— Ficou conversando com mamãe. Virá mais tarde, com Luís – disse Ricardo.

Mas Virgínia já estava preocupada com Sinhá-Moça.

– Acho mior sinhazinha i descansá no seu quarto, que já foi arranjado à sua espera.

– Que é isso? – indagou Rodolfo a olhar para a esposa, que se encostou ao seu ombro, fechando os olhos como tomada por uma vertigem que era ao mesmo tempo fadiga e devaneio.

E sofria, mas sorria.

Rodolfo, docemente, conduziu-a para o quarto, fazendo-a deitar sobre a larga cama. Depois, fechando as cortinas de musselina de seda para que a alcova ficasse numa penumbra suave, repousante, deitou-se ao lado dela, dizendo-lhe:

– Sinhá-Moça! Quero beijá-la assim, de mansinho, para não assustar nosso filho. Você, para mim, é uma princesa adormecida...

Desmanchou as madeixas de ouro de Sinhá-Moça, espalhando-as sobre o travesseiro:

– Desejo, querida, que o pequenino sinta também o meu carinho de pai.

E, envolvendo-a em seus braços, confundindo consigo a figura amada de Sinhá-Moça, prosseguiu:

– Como você está linda, assim, aureolada pelo sofrimento! Cada dor que a lanceia é uma centelha de luz que espalha para o despertar de uma nova vida! É a sagrada trajetória para oferecer ao mundo um ser criado à sua própria imagem, com a sua beleza e as suas virtudes!

Inebriada pelos beijos apaixonados de Rodolfo, a jovem achegou-se mais a ele, para confessar-lhe em segredo:

– Mas... tenho medo... À medida que os dias passam o sofrimento aumenta... Não sei se poderei suportar... Repare agora para mim: tenho os cabelos molhados de suor. E as dores são mais fortes.

Surpreendido com as palavras de Sinhá-Moça, o marido ergueu o busto e olhou-a com maior atenção. Notou que ela estava mais pálida, úmida de suor, e seus olhos tarjados de escuro. Sem deixar transparecer preocupações, para não assustá-la, o marido esperou passar um tempo, pretextou uma desculpa e tentou afastar-se. Mas Sinhá-Moça não quis deixá-lo sair dali, com receio de ficar sozinha. Rodolfo foi à porta e chamou:

– Bastião!

– Tô aqui, seu dotô!

– Vá depressa à casa de mamãe e chame D. Cândida. Diga-lhe que venha já.

– Eu vô num pulo...

E se bem disse, melhor fez: precipitou-se pela porta e perdeu-se na rua quieta, banhada de sol.

Quando Rodolfo voltou ao leito, Sinhá-Moça estava a torcer-se de dores.

– Não posso mais, acho que vou desmaiar. As dores estão aumentando de minuto para minuto.

– Tenha paciência, querida! Dentro de algumas horas você já não se lembrará mais disso!

Rodolfo, aflito, foi várias vezes à janela e perscrutou o fim da rua. Ninguém. De repente, voltou muito animado:

– Vieram todos!

– Onde estão?

– Na esquina, chegam já...

De fato, D. Cândida e os pais de Rodolfo chegaram apressados, fazendo perguntas a Virgínia, à velha Bá e até ao pobre

Bastião. Com eles veio um senhor idoso, de fraque, com uma maleta na mão. Era o Dr. Moreira. Ele foi entrando no quarto sem pedir licença, fechou-se por dentro com Rodolfo e, minutos depois, saiu para anunciar às pessoas que estavam na sala de visitas:

– Dentro de poucos momentos tudo estará resolvido. Seu pulso está ótimo. Ela é muito animosa e a criança virá sem novidade.

– Hoje, doutor? – perguntou D. Cândida, assustada.

– Sim, minha senhora; o nascituro quer antecipar a festa...

Ouvindo o médico falar com tanta segurança, Sinhá-Moça recobrou o ânimo. No oratório do quarto dos fundos, Virgínia rezava, desfiando entre seus dedos nodosos as contas do rosário. Pedia à Virgem que aliviasse as dores de sua sinhazinha. Quando a velha Bá passou por ali, Virgínia voltou-se e perguntou:

– Eu num tava falano? Sinhazinha num podia esperá mais...

Na cozinha, Bastião auxiliava a tia Bá a encher as grandes vasilhas para que não faltasse água quente.

Dr. Fontes, emudecido pela emoção, passeava de um lado para outro. De quando em quando, consultava o relógio. Ricardo, na sala de visitas, leu um artigo d*A Província de São Paulo*. Depois de ler, perguntou a si mesmo:

– Mas, afinal, de que trata esse artigo?!...

Junto de Sinhá-Moça, a Senhora Fontes e D. Cândida auxiliavam o Dr. Otávio Moreira. De repente, o médico exclamou:

– Ei-lo!

Essas palavras foram acompanhadas pelo chorinho aflito do recém-nascido. Sinhá-Moça enxugou os olhos e pediu que lhe mostrassem o filho. Sua ventura era tão grande que superou o abatimento em que ela se encontrava. Foi então que a voz de Rodolfo se fez ouvir:

– É uma menina. Linda como você!

Sinhá-Moça estendeu os braços para receber a filha, mas as pessoas que a rodeavam disseram quase ao mesmo tempo:

– Depois, depois...

– Precisamos vesti-la para não resfriar-se... – exclamou Rodolfo.

– Pois eu não consigo vencer a impaciência de apertá-la contra o meu coração.

Dr. Otávio Moreira entregou a menina a D. Cândida, abraçou Rodolfo, cumprimentou Sinhá-Moça e as avós e saiu do quarto. Na porta, encontrou Dr. Fontes e Ricardo que, tendo ouvido o vagido da criança, para lá haviam corrido, à espera da boa notícia.

O médico, vendo-os ali, anunciou:

– Já chegou Sua Alteza!

– O príncipe? – perguntou Ricardo.

– Não: a princesa!

Então o rapaz, com uma pontilha de mágoa, verdadeira ou fingida, pôs-se a lamentar:

– É uma pena... Eu preferia um menino!

– Pois eu me sinto contente com isso – disse o advogado. – Estava faltando uma menina em nossa casa. Dr. Otávio Moreira, podemos vê-la?

– Ainda não; deixemos descansar um pouco a nova mamãe. Você está me saindo um avô muito impaciente...

– Vejam quem está falando... Eu gostaria de ver você no meu caso!

Já na porta, de chapéu na mão, despedindo-se, Dr. Otávio Moreira disse a rir:

– Ora, eu também sou candidato a sogro. Para me livrar de dúvidas, já estou lendo *A arte de ser avô*, de Vítor Hugo.

Dr. Fontes lembrou-se de uma coisa e gritou ao médico, que já ia a uns dez passos:

– Dr. Otávio Moreira! Comunique a novidade em nosso nome a Frei José; ele nunca nos perdoaria essa falta...

Ele voltou-se:

– Estive ontem com ele, está animadíssimo!

Ricardo disse ao pai:

– Não é para menos. No dia 2 de abril, pela Lei Provincial nº 27, a nossa vila de Araras será elevada à categoria de cidade! Frei José não cabe em si de contentamento.

Voltando para dentro e esfregando as mãos de alegria, o advogado não escondia o seu desejo de conhecer logo a neta. O vagido insistente que vinha do quarto de Sinhá-Moça dava-lhe a impressão de ser um chamado da pequerrucha, para que o avô fosse vê-la. Afinal, não podendo resistir mais, bateu à porta.

– Quem é? – indagou baixinho sua esposa.

– Ora, minha mulher – disse o Dr. Fontes –, então é só você que tem o direito de estar com a menina? Que egoísmo!

– Pronto! Já querem brigar por causa da menina! – observou Ricardo que, por trás do pai, queria conhecer a sobrinha.

– Longe disso, seus curiosos! Eu estava preparando a mocinha para apresentá-la à sociedade...

– Entrem! – disse D. Cândida, sentada na borda do leito.

O quarto estava envolto numa penumbra que convidava à contribuição. Trescalava a alfazema e água de flores de laranjeira.

Sinhá-Moça, deitada, aconchegava ao seio o pequenino botão de rosa que se sentia feliz no regaço de sua jovem mãe. Tudo ali respirava felicidade. E Rodolfo, sem saber o que fazer, acariciava os cabelos dourados da esposa.

– Deixe-me vê-la – pediu o Dr. Fontes, quebrando o silêncio leve que ali reinava.

D. Cândida debruçou-se na cama, pegou cuidadosamente a menina e a depôs nos braços do avô.

– Como é linda! – exclamou ele.

Ricardo também quis adorá-la.

– O senhor tem razão, papai.

E, examinando a menina, pôs-se a descrevê-la a seu modo:

– ...olhos que lembram esmeraldas vivas. Dedinhos que falam de espiritualidade: pequenos, afilados, de unhas amendoadas...

– Vocês me deixam muito vaidosa ao falarem de minha filha... – respondeu Sinhá-Moça, experimentando uma sensação nova e muito doce ao proferir essa expressão *minha filha*.

Estendeu as mãos ainda frias para Ricardo, num belo sorriso de agradecimento.

– Ricardo tem razão em deslumbrar-se com a menina. As senhoras não acham?

E se dirigiu ao pai:

– Que diz o senhor?

– A mesma coisa; as palavras de Ricardo representam a expressão da verdade.

Virgínia entrou, interrompendo aquele rasgar de sedas. Trazia a bandeja de prata dos grandes dias e, nela, a xícara de faiança azul, com um caldo apetitoso, para Sinhá-Moça.

– Vassunceis dão licença? Sinhazinha agora percisa se alimentá. A minina taí, bunita que nem rosa. Ela vai querê sê muito bem-tratada...

– É isso mesmo! – respondeu D. Cândida.

Rodolfo pareceu recobrar a calma, depois de tantas emoções:

– Dê-me, Virgínia, eu mesmo quero ter a honra de servir minha mulher.

Dizendo isso, tomou a colher de prata que a mucama lhe apresentava e levou aos lábios de Sinhá-Moça, ainda largada na cama, sem forças, o caldo cheiroso que deveria reanimá-la.

– Você precisa tomar toda esta xícara de caldo, minha querida. Quero-a boa e isso depressa!

Enternecida, Sinhá-Moça aceitava o alimento que lhe dava o marido. E olhava repetidamente para seu rosto.

– Que é isso, meu amor? Você está me desconhecendo?

– Não. Estou encontrando na sua fisionomia os mesmos traços que compõem a fisionomia de nossa filha...

Todos riram.

E ela também, cheia de um grande, de um profundo contentamento.

CAPÍTULO XX

F rei José entrou pela casa adentro, a dizer:

– Só hoje pude vir conhecer a menina, que Deus a faça feliz! Só hoje pude vir contar como foi bonita a festa da elevação do nosso povoado à categoria de cidade!

Entregou o chapéu a D. Cândida, escolheu uma cadeira e sentou-se. Depois de tomar alento, prosseguiu:

– O presidente da província quis premiar os esforços do nosso povo promovendo essa elevação. Com certeza o Dr. Fontes e os filhos já lhes contaram como isso se deu. É bem um progresso bandeirante. Não contente em formar a linda Piratininga, quer transformar em grandes cidades os pequenos povoados do interior! Venho também convidá-los para assistirem à cerimônia da colocação da pedra fundamental da nova matriz, no dia 15 de agosto. Será uma festa lindíssima e espero que todos os amigos lá estejam presentes. Se lhes disser, D. Cândida, que ainda sinto Sinhá-Moça não ter podido comparecer à solenidade da ascensão de nossa vila! Ela que é tão entusiasta das coisas do progresso!

– Mas o senhor não acha, Frei José, que esse desprazer para ela foi bem compensado pelo nascimento da filha? – perguntou a velha, um pouco amuada por achar que a netinha ficara em segundo plano no espírito do religioso.

Frei José, que lia nos rostos como em livros abertos, compreendeu o pensamento de D. Cândida e procurou corrigir a tempo a má impressão causada pelas suas palavras. Perguntou:

— A menina continua bem-disposta? Já lhe escolheram o nome?

— É uma criança fora do comum — exclamou D. Cândida, satisfeita de poder falar na netinha. Rodolfo e Sinhá-Moça deram-lhe o nome de Maria Camila.

— Gosto desse nome; é muito expressivo. Mas eu não poderia vê-la?

— Vou chamar Sinhá-Moça, para mostrá-la.

— Não se incomode, D. Cândida. Talvez Sinhá-Moça esteja descansando ou fazendo-a adormecer. Voltarei outro dia.

— Não senhor, não consinto! Seria possível deixá-lo ir-se embora sem conhecer Maria Camila? Com licença... Um instantinho...

Antes mesmo de a mãe chegar ao quarto, Sinhá-Moça, que ouvira a voz de Frei José, para ela tão familiar, já havia tirado a filha do berço e a levava para a sala.

— Ó, Frei José! Bons olhos o vejam! Há quanto tempo que desejava apresentar-lhe Maria Camila. Eu já estava ficando triste. Tinha a impressão de que o senhor nos havia esquecido!

— Não quero fazer a injustiça de supor que está falando sinceramente... — replicou o religioso. — Sabe muito bem que só motivos imperiosos me fariam declinar do prazer de vir imediatamente conhecer sua filha. O Dr. Fontes, Rodolfo e Ricardo não a informaram da elevação do nosso povoado de Araras à categoria de cidade, precisamente no dia do nascimento de Maria Camila?

— Perdoe-me, Frei José. Queria ver o que o senhor me respondia. E, a propósito, quero felicitá-lo por mais essa vitória.

— Não cabem a mim tais cumprimentos, mas a todos os filhos de Araras, que tanto labutaram para que o seu ideal se tornasse realidade.

— Ninguém mais do que eu, Frei José, sabe o quanto trabalhou para essa elevação. Estou aflita para poder sair, visitar nosso ex-povoado, tão poético na sua simplicidade. Quero voltar a ver as suas encostas, os mansos ribeirões das Furnas e Arari...

Maria Camila dormia. O frade afagou-lhe o rosto rosado e disse:

— Você terá de ser como sua mãe, o anjo bom destas plagas... Ouviu?

— Agora o senhor me fez lembrar tanta coisa... Com o nascimento de Maria Camila eu fiquei um tanto alheia a muitos assuntos, entre os quais aqueles que em solteira mais me interessavam. Que me conta sobre a abolição?

— Sempre interessada pela sorte dos escravos... Pois esse assunto que tanto agitou os seus dias de adolescência, e depois, no apogeu da sua felicidade pessoal, ainda a preocupa... Não se esquece jamais do sofrimento dos humildes!

— Mas essa é a obrigação de todas as criaturas. Devemos assistir o nosso semelhante, procurando proporcionar-lhe os meios para que ele também seja feliz!

— Se todos pensassem assim — suspirou Frei José —, o mundo estaria bem melhor. Quanto à situação geral, Sinhá-Moça, devo dizer-lhe que é promissora. Embora, como é natural, haja da parte de certos fazendeiros uma guerra surda e egoísta para que a voz dos abolicionistas não encontre eco, a campanha sagrada da redenção do homem negro cada dia se torna mais forte e consegue numerosos adeptos.

– Não imagina, Frei José, como me sinto feliz com as suas notícias. Esta menina terá a ventura de ver, com a libertação dos cativos, sua terra erguer-se entre as outras, de um modo moral e espiritual. Essa vitória destruirá a tirania que a oprime, cobrindo-a de maldições. Cessarão os gemidos dos escravos algemados, os soluços das mães que assistem ao sacrifício de seus filhos nos troncos e nas enxovias...

– Nossa Senhora do Patrocínio tornará uma realidade o seu sonho de tantos anos! Sua filha verá a glorificação de seu ideal. Tenho tantas providências a tomar para o grande dia de Araras! Por que não aproveita para batizar Maria Camila? Assim, seriam duas festas ao mesmo tempo!

– Sua ideia é deveras tentadora. A dúvida, porém, está na escolha dos padrinhos. Preciso conversar a esse respeito com Rodolfo. Para mim, esse problema me parece mais difícil no momento do que a própria emancipação dos escravos!

– Sinhá-Moça não perde o bom humor! – exclamou o religioso. – A senhora não acha, D. Cândida?

A velha sorriu, acariciou a neta e respondeu:

– Na qualidade de avó, acho que o título de madrinha deve ser conferido à Senhora Fontes. Mas isso é lá com os pais de Maria Camila.

– Sinhá-Moça tem receio de magoá-la, D. Cândida... – observou o frade.

– Não tem motivos para isso. Eu a deixo inteiramente à vontade. Para mim, a satisfação de ser avó me faz declinar de qualquer outra prerrogativa.

— Se assim é – respondeu Sinhá-Moça, visivelmente satisfeita com a solução desse problema que a azucrinava –, poderemos batizar Maria Camila no dia 15 de agosto.

— Está bem. Mas antes disso espero visitá-la novamente.

— Até lá, Frei José.

— Até lá, menina... – e saiu depressa, para não chegar tarde.

Dali a pouco, Sinhá-Moça ouviu os passos do marido, que chegava do escritório.

— Você tão cedo? – indagou a jovem, beijando o marido.
— Que aconteceu? Por pouco encontrava Frei José, que veio conhecer Maria Camila e contar-nos as novidades da terra. Ele nos disse que a pedra fundamental da matriz será colocada no dia 15 deste mês.

— É verdade, querida. Eu já vi o desenho dessa pedra; será em basalto, com uma cruz cravada no centro. Nela serão postas moedas de ouro, prata, níquel e cobre, para perpetuar a época.

— Pois eu disse a Frei José que nesse dia batizaria Maria Camila. É do seu agrado essa minha lembrança?

— Eu só posso aplaudir a sua lembrança.

Dizendo isso, Rodolfo descobriu o rostinho da filha, que dormia sob as rendas da blusa de Sinhá-Moça. Depois de beijá-la enternecidamente, perguntou:

— E sobre os padrinhos? Já tem alguma ideia?

— Escolhi seus pais. Mamãe declinou do convite. Contenta-se com o título de avó... Mas você fugiu à minha pergunta: por que voltou tão cedo?

— Isso porventura a aborrece?

— Que pergunta! Você não me entendeu. Sabe que a minha satisfação seria tê-lo constantemente a meu lado. Mas tendo você voltado desacostumadamente tão cedo, poderia ser algum motivo grave... Quem sabe?

– Não, bobinha. Tive uma folga. Um cliente que esperava foi a São Paulo e eu pude vir matar saudades de minha mulher e minha filha.

– Não quer segurá-la um pouco? – indagou Sinhá-Moça, entregando Maria Camila ao marido. Mas a menina acordou e começou a chorar, estranhando os modos desajeitados do pai.

– Tome-a, Sinhá-Moça, ela não me quer...

– Pois é preciso aprender a carregá-la. Quer ver? – e aconchegou a menina ao peito do marido que, na ânsia de agradar à filha, começou a cantarolar. E conseguiu o que queria: a criança não chorou mais.

– Eu não lhe disse? Agora é só praticar um pouco e acabará ninando perfeitamente Maria Camila...

E os dias foram se passando. Os meses, os anos...

A vida de Maria Camila se desenvolvia cheia de ventura. Ia crescendo sob as vistas da mãe. Esta, como jardineiro zeloso, não deixava de vigiá-la com carinho, como a mais preciosa das plantas.

Muita vez, Frei José foi visitar a família e, vendo Maria Camila, que andava a correr de um lado para outro, na alegria dos seis anos, dizia:

– Tal mãe, tal filha! Estou a ver Sinhá-Moça, com a mesma idade, a brincar na casa-grande de Araruna! Ela se repetindo na filha!

– É isso mesmo – confirmava o avô. – Se todas as mães compreendessem a sua responsabilidade... Se elas compreendessem que o altar da pátria se constrói no lar e que só a elas compete realizar essa obra! Ah! Então o mundo seria completamente feliz...

– O senhor tem razão, Dr. Fontes. Aí está o exemplo. Sinhá-Moça, aliando a sua cultura à sua inteligência, a sua bondade aos sagrados deveres de mãe, está formando com esta menina uma esplêndida realidade para o futuro!

Rodolfo, que a um canto da sala conversava com Ricardo, interveio:

– Estou gostando de ouvi-los. Sinto-me por tudo isso um homem feliz. Possuo a mais encantadora mulher, que sabe ser esposa e mãe. Uma filha que se torna pouco a pouco o retrato vivo de Sinhá-Moça... A que mais posso aspirar?

Ricardo, com seu eterno bom humor, falou:

– Meu irmão, você bem poderia ensinar-me a descobrir felicidade semelhante!

Maria Camila, que o queria perdidamente e, sem parecer, estava ouvindo aquelas palavras, abraçou-lhe os joelhos e respondeu:

– Eu ensino, titio!

Capítulo XXI

Certa vez, Sinhá-Moça, dando por falta de Maria Camila, saiu a procurá-la pela chácara. Foi encontrá-la junto à grade, conversando com Justino que, todas as tardes, com verdadeira devoção, ia visitar os antigos senhores. Ele já estava alquebrado menos pelos anos que pelos infortúnios.

Sinhá-Moça, ao vê-los assim, escondeu-se atrás do pé de resedás, coberto de flores, e ficou a ouvi-los.

A menina, séria, compenetrada, acariciava a cabeça grisalha do escravo e dizia-lhe:

– Por que está triste, Pai Justino? Mamãe diz sempre que a gente para ser feliz não deve procurar a felicidade apenas para si. Deve desejá-la para todos, ouviu? Papai fala sempre que a liberdade dos escravos será hoje ou amanhã...

– Quá, sinhazinha! Preto Justino nunca será livre. Tá véio, tá doente... – e se pôs a chorar.

Maria Camila, com a ponta do avental, procurou enxugar-lhe as lágrimas.

Justino, que ouvia atentamente, passou as costas das mãos pelos olhos, fitou a menina e começou a rir, com um riso franco de quem desperta de um pesadelo e sente que todos os seus padecimentos eram em vão.

Era a primeira vez que Sinhá-Moça via Justino rir, rir com aquela plenitude de coração. É que Maria Camila, com sua simplicidade, havia afugentado as nuvens que toldavam a alma delicada do escravo.

A menina, porém, não conseguiu explicar a si mesma a razão daquela alegria de Justino. Olhava-o assustada. Seus olhinhos curiosos se fixaram no rosto do negro, numa indagação.

– Por que está rindo, Pai Justino?

– Nunca fica com medo do nego, sinhazinha! Vassuncê que é tão boa num intendeu que tirô de meu coração o peso de um morro como aquele que tá lá longe. Arma de Justino tá leve, leve como passarinho. Pode inté voá!

Perplexa, Maria Camila continuava a olhar o escravo numa voz muito cansada de quem estava exausto, de quem sofria muito, de quem fora sacudido por uma forte emoção.

– Pai Justino tá livre de hoje em diante – dizia ele, a fisionomia iluminada por uma nova felicidade que só agora lhe fora dado conhecer. – Agora, sim, já posso morrê, porque inté pra morrê percisa a gente sê livre de consciência... Frei José é quem tem mermo razão!

Vendo que Justino falava cada vez com maior dificuldade e que Maria Camila estava pálida de emoção, Sinhá-Moça aproximou-se e perguntou:

– Que fazem os dois aqui? Maria Camila, você não está fatigando Justino com a sua tagarelice?

– Eu, mamãe? Eu estava ensinando Pai Justino a ser feliz!

– É isso, Sinhá-Moça. Ela está aperparano a arma do nego véio, pra ele entregá a Nosso Sinhô!

– Por que diz isso, Justino? Você está apenas cansado. Vamos para casa. Vou mandar Virgínia dar-lhe uma cuia de garapa e tudo passará. Aqui fora está fazendo frio. Crianças e velhos – disse ela, forçando um riso que modificasse aquela situação – por este tempo não devem apanhar sereno...

– É verdade, Pai Justino – interveio Maria Camila, criando alma nova com a presença e as palavras da mãe –, se ficar doente não irá à festa de que falei...

O escravo esboçou um sorriso incrédulo de quem já não tinha mais esperanças de ver alguma coisa neste mundo e respondeu, só para contentar a menina:

– Num arreceie isso, sinhazinha. Nego véio tá forte. Ele vai à festa, sim.

E, dizendo isso, sentia a morte no coração.

– Vamos, minha filha! – disse Sinhá-Moça, aflita, pois percebia o estado de Justino. Queria levar o escravo para casa e mandar chamar o Dr. Otávio Moreira.

Mal tinham dado alguns passos em direção à porta, quando ouviram o galopar de um cavalo. Sinhá-Moça, que auxiliava Justino a caminhar, olhou para trás e reconheceu Rodolfo, que apeava do cavalo, diante do portão. Assustou-se com a brusca chegada do marido. Perdeu-se em mil conjecturas. Alguém da família teria adoecido? E ainda estava nessa aflição quando Rodolfo, sem esperar, gritou-lhe:

– Sabe, Sinhá-Moça?

– Sabe o quê? Meu Deus! Diga logo!

Rodolfo entrou pelo portão adentro, exaltadamente alegre.

– O dia de hoje, 8 de abril de 1888, ficará para sempre na história de nossa terra! A campanha abolicionista venceu em nossa terra! A campanha abolicionista venceu em nossa terra, com a libertação do último escravo que aqui existia!

— Viva a liberdade! Justino está livre? — exclamou Sinhá-Moça, seguida de Maria Camila, que batia palmas com indizível satisfação.

Depois, a menina voltou-se para o negro, que parecia ter piorado com a emoção, pois a cabeça tombara-lhe de um lado, sobre o ombro, e falou-lhe:

— Eu não lhe disse, Pai Justino?...

O antigo escravo fez grande esforço, mas só conseguiu balbuciar:

— Viva a liberdade, sinhazinha! Nosso Sinhô bençoe us branco que redimiro us escravo!

Depois, fechando os olhos docemente, como quem adormece, sem o menor estremecimento, numa tranquilidade, numa serenidade de homem justo, quite com a sua própria consciência, morreu.

Sinhá-Moça e Rodolfo perceberam o que havia acontecido e se entreolharam penalizados. Não quiseram, no entanto, que Maria Camila conhecesse a realidade. Preferiram que a menina o julgasse adormecido de cansaço. Mas a menina chegou-se a Pai Justino e se pôs a alisar-lhe a carapinha e as mãos calosas, que já não sentiam mais as suas demonstrações de afeto, e não tiveram coragem de afastar a filha dali.

— Formoso símbolo! — disse Rodolfo, abraçando Sinhá-Moça que, por essa altura, já não conseguia conter as lágrimas.

— Veja... a Primavera, o Porvir, acariciando o velho escravo que foi algemado, repudiado, martirizado, e morreu livre, no momento memorável da sua emancipação. Jamais poderemos esquecer — insistia Rodolfo, passando as mãos pelos cabelos dourados da filha — o dia 8 de abril de 1888!

– E a primazia coube à nossa pequenina terra!

– Nisso, nossa terra deve muito a você e ao nosso admirável Frei José.

– A mim? Será possível? Não acredito. Mas a você, à sua família, a Frei José! – respondeu ela com veemência.

Maria Camila, alheia ao que conversavam, continuava a alisar a cabeça de Justino, esperando que ele acordasse do seu sono para tomar parte na festa.

– Sinhá-Moça, você poderá dizer com orgulho: dei alforria a todos os escravos do meu torrão, que com seu sangue e seu suor regaram este solo, fazendo-o rico e produtivo. Sim, minha mulher, esse trabalho magnífico foi feito exclusivamente por idealistas como você! – e os dois continuaram a olhar a filha que, com seu gesto de bondade, continuava ali o que eles tinham feito pela abolição da escravatura.

Sinhá-Moça olhou para Justino e para o céu, dizendo:

– Se Deus entrasse no coração de todos os homens e lhes desse, por todo o Brasil, de norte a sul, um grande sentimento de humanidade...

– Você tem razão, minha mulher. E hoje podemos dizer, convictos: com a redenção do homem negro, ganhamos mais uma esplêndida vitória para a nacionalidade!

Rodolfo, depois de dizer essas palavras, chamou Maria Camila, mostrou-lhe Justino e levou-a pela mão:

– Deixe-o dormir o primeiro sono... Voltaremos para casa, devagarinho, pois Justino é cidadão livre e sonha com a sua mais alta felicidade.

Sinhá-Moça acompanhou-os, dizendo à filha:

– Devagarinho, minha filha, para não acordar Pai Justino...

Impresso em São Paulo pela IBEP Gráfica.